小說新賞

牧童皇帝創盛世

大明英烈傳

原著　明·佚名
編寫　城菁汝

三民書局

主編的話

在經典故事中成長

　　我常常思索著，我是怎麼成了一個說故事的人？

　　有一段我已經忘卻的記憶，那是一個沒有什麼像樣娛樂的年代，大人們忙著養家活口或整理家務，大部分的孩子都是自己尋找樂趣，妹妹告訴我，她們是在我說的故事中度過童年的。我常一手牽著小妹，一手牽著大妹，走到家附近那廢棄的老宅前，老宅大而陰森，厚重而斑駁的木門前有一座石階，連接木門和石階的磚牆都已傾頹，只有那座石階安好，作為一個講臺恰到好處。妹妹席地而坐，我站上石階，像天方夜譚般開始一千零一夜的故事。

　　記憶中的小時候，我是個木訥寡言的人，所以當小妹說起這段過去時，我露出不可思議的神情，懷疑她說的是另一個人的事。雖然如此，我卻記得我是如何開始寫故事的。那是專三的暑假，對所有要上大學的人來說，這個暑假是很特別的假期，彷彿過了這個暑假就從青少年走入成年。放暑假的第一天，我從北部帶著紅樓夢返家，想說漫長的暑假適合讀平日零碎時間不能完整閱讀的大部頭。當我花了兩個星期沒日沒夜看完紅樓夢，還沒從寶黛沒有快樂結局的悲悽愛情氛圍中脫身，突然萌生說故事的衝動，便在酷暑時節，窩在通鋪式的臥房，以摺疊成山的棉被權充書桌，幾個下午就完成我的第一篇短篇小說、我說的第一個故事。寫完時全身汗水淋漓，用鉛筆寫的草稿也被手汗沾得處處字跡模糊，不過我不擔心，所有的文字都在我腦海中，無需辨認。之後我又花了幾天把草稿謄在稿紙上，投寄到台灣日報副刊，當那個訴說青春少女和遲暮老人忘年情誼的小說變成鉛字出現在報紙副刊，我知道我喜歡說故事、可以說故事，於是寫了一篇又一篇的小說，直到今天。

　　原來是經典小說帶領我走入說故事的行列，這段記憶我始終記

得，也很希望在童年時代還耐不下性子閱讀原典的孩子們，能和我一樣在經典故事中成長。

　　雖然市場上重新編寫經典小說的作品很多，但對我這個有兩個少年階段孩子的母親來說，卻總覺得找不到適合的版本，不是太簡單，就是太難，要不然就是刪節得不好，文字不夠精確等等，我們看到了這當中的成長空間，於是計畫進行一套經典小說的改寫版本。

　　首先我們先確定了方向，保留較多文學性，讓這套書適合大孩子閱讀；但也因為如此，讓我們在邀請撰稿者方面碰到不少困難。幸好有宇文正、石德華、許榮哲等作家朋友們願意加入，加上三民書局之前「世紀人物100」的傳記書系列，也出現了不少有文采、有功力的寫作者，讓這套書可以順利進行。對於文字創作者來說，創意是珍貴的資產，但改寫工作就像化妝師，被要求照者一張照片化妝，不能一模一樣，又不能不一樣，一些作者告訴我，他們在撰寫這系列的書時，常常因為想寫的和原著不太一樣而卡住，三民書局的編輯也常常要幫著作者把寫作節奏拉回來，好幾本書稿都是初稿完成後，又大幅刪修，甚至全部重寫。辛苦的代價便是呈現在讀者面前的這套書——文字流暢、故事生動，既有原典的精華，又有作者的創意調拌，加上全彩印刷、配圖精美。這是我為我的孩子選擇的一套書，作為他們告別青春期的最佳禮物，希望能和天下的學子、家長們分享，也期待這套「大部頭的套書」，經過作家們巧妙的改寫、賦予新生命後，保留了經典的精神，又比文言白話交雜的原典更加容易親近，讓喜歡聽故事、讀故事的孩子，長大後也能說故事、寫故事，於是中國經典文學的精華就能這麼一代一代傳誦下去。

林黛嫚

作者的話

　　寫作這本書讓我想起小時候：生活中還沒有電腦、網路，而電視上也沒有專門的兒童頻道，那時候陪伴我的，是坊間一套二十冊的通俗文學叢書。那套書挑選三國演義、水滸傳、七俠五義、紅樓夢等中國古典名著進行改寫，加上一些插畫，用簡明的文字，帶領我進入中國古典文學的世界，認識這些不論是歷史上真實存在或被創造出來的人物。

　　當我漸漸長大，開始學習歷史、國文這些科目時，那些書籍給了我許多幫助。所以這次進行大明英烈傳的改寫，除了希望能如實傳達出原作的精神外，我也希望將一些知識內化到故事中，讓小讀者藉由輕鬆的故事閱讀，學習到這些內容。

　　最初三民書局給了我一張長長的改寫書單，讓我挑選想要改寫的古典名著。我之所以決定挑選大明英烈傳，除了自己對朱元璋以及元末明初的歷史較熟悉外，另外一個原因則是因為以前完全沒看過大明英烈傳，覺得是個充實自己的好機會。

　　一開始寫作時，我在電腦旁放著原著與一杯熱茶，乖乖的照著原著一回一回的改寫。寫啊寫啊，一個月後才發現，根本沒辦法將八十回的內容與人物通通塞到新版小說中。因為新版小說有字數的限制，加上簡潔文言文改寫成通俗的白話文後，字數會增加許多，如「橋是如何？」四字，改寫後就變成「這江東橋是木橋，還是石橋？」十一字，一句話便增加了三倍的字數，所以我只好改變寫法，先構想整本書的大綱，挑選出要改寫的章節加以鋪陳，並與其他故事內容連貫。

　　這部分是改寫大明英烈傳最難的地方，常常前面刪掉一些章回，到了後面改寫的章回中，卻又出現刪節章回中的人物、地點或

事件，讓我常面臨左右為難的狀況：到底是要新增刪節的章回呢？還是刪除已改寫的章回？這一刪一加的結果，故事內容是否還能夠連貫？是否會超出字數限制？經過上述這些掙扎，新版小說總算龜速的向前慢慢進展。

　　寫作過程中，我翻閱了很多同樣是改編自古典名著的作品，參考不同的改寫方式與筆法，但在尚未完成這本新版小說前，我一直克制自己不去看其他同樣是改寫大明英烈傳的作品。因為深知自己很容易受影響，只要看到相同的章回在他書被保留，自己卻選擇刪除，一定會煩惱、遲疑，進而影響到新版小說的內容與架構。一直到交稿後，翻閱其他大明英烈傳的改寫本，果然證明當初的堅持是對的，同樣是改寫本，不同作者的詮釋與寫法卻截然不同。

　　本書在撰寫上，主要以朱元璋為中心，挑選圍繞他身邊叱吒風雲的人物進行描繪；捨棄一些較次要的人物，而著重加強描寫重點人物的事蹟，這些事蹟可能是對此人的評價，例如元順帝愛玩龍舟的描寫（本書第一回）。

　　元順帝是歷史上有名的「魯班天子」，魯班是中國工匠的祖師爺，舉凡蓋房子、造橋梁都是魯班最擅長的事情。元順帝非常喜歡工藝，常常在皇宮裡蓋自己設計的宮殿或龍舟。事實證明，元順帝或許是一位好工匠，但卻是一位不及格的皇帝。

　　另外，本書也為歷史上一些著名的事件留下伏筆，例如朱元璋問劉伯溫：「胡惟庸適不適合當丞相？」劉伯溫評胡惟庸是位小人，若任相將會危害朝政（本書第十五回）。歷史上謠傳劉伯溫就是被胡惟庸下藥毒害而死，因為胡惟庸一直記恨劉伯溫當初的這段評語，所以才會下此毒手。

希望這些發生在歷史背後的小故事，能讓小讀者加深對這些人物與事件的認識。大明英烈傳從寒冬寫到盛夏，終於順利完成。在此也要謝謝三民書局的編輯耐心等待，也希望小讀者們會喜歡這本小說。

城菁汝

混亂時代的精彩故事

一、源起

　　大明英烈傳又名皇明英烈傳、英烈傳或雲合奇蹤。據考證是明朝中期武宗與世宗年間的郭勳所作，後由徐渭改編而成。郭勳是本書第五回「賢臣勇將，快來啊」出場人物郭英的第六代孫子。郭英是朱元璋手下的一名勇將，受封為武定侯。郭勳繼承武定侯的爵位，做過兩廣總督，也擔任過太子的老師。郭氏家族雖以軍功起家，但後代子孫多有能文擅詩者，也曾與皇室聯姻，可說是明朝的世家貴族。

　　有人認為郭勳作此書是為了彰顯祖先郭英的軍功，但細看書中郭英的作為，除了一箭正中陳友諒左眼，立下殺陳友諒的大功之外，郭英在此書中的重要性是遠不如徐達、常遇春等大將。因此讀者或許更適合將此書視為：郭勳描寫朱元璋率領文武俊傑，一統天下，建立明朝的精采之作。

　　大明英烈傳原著有八十回，前六十回描寫元朝末年皇帝昏庸、南方群雄並起，朱元璋統一南方的經過。其中描寫朱元璋的仁德英明、陳友諒的自大自傲與張士誠的短視近利，是書中最精采的部分。人格上的特質使最後統一南方的人，不是強者陳友諒，也非富人張士誠，而是仁德的朱元璋。正如同朱元璋親自聘請徐達時（本書第五回），徐達說的話：「自古以來，得天下的關鍵都是上位者是否能以仁德為念，為百姓謀福利。」而後二十回接著寫朱元璋滅元朝、平雲南，一統天下的過程。但其實在前六十回

中，元順帝寵幸奸臣而害死賢臣脫脫，已埋下元朝滅亡的伏筆，後面只是順應故事發展鋪寫而成。

二、內容特色

原著中有很多戰爭場面的描寫，重點大都放在朱元璋與陳友諒、張士誠的爭戰上，因為是在南方，故以水戰居多。中國古代征戰的形式，多是馬戰、步戰、陸戰，大明英烈傳與其他講史小說的不同，就在於對激烈水戰場景的生動刻劃。更深入的去看，可以發現戰爭在書中並不是單純的軍事對抗，而是以「人物」為中心，突出人的「運籌帷幄」才是戰爭中勝負的關鍵。例如朱元璋與陳友諒決定勝負的鄱陽湖水戰（本書第十二回），朱元璋就是利用陳友諒戰船高大，用鐵鍊鎖在一起，難以移動的缺點，採用劉伯溫「水地安營，其兵怕火」的火攻策略，才能以弱勝強，轉敗為勝。

大體說來，大明英烈傳內容都與歷史的主軸相符，書中出現的角色也多是歷史上曾經活躍的人物，只是原著增添了許多神話的色彩與情節，特別是對朱元璋「真命天子」身分的描寫，著墨甚多。如：朱元璋原是玉皇大帝身旁的金童，為了拯救黎民百姓才下凡來；朱元璋出生時，天上出現雲彩環繞、黃龍盤旋；以及朱元璋一開口，土地公也只得學牛叫蒙騙劉員外的故事等，這些事蹟都烘托出朱元璋的不凡。郭勳身為明朝重臣，採用這些神話式的寫法，加強明朝王權的正當性，本是無可厚非，雖然其中不免有歌功頌德的成分，但這些神話的渲染，無形中也增添許多閱讀上的趣味與生動性。

原著與史實較有出入之處有兩個部分，一是描述朱元璋投靠舅舅郭光卿，勸他去了紅巾自立為滁陽王，滁陽王死後又擁立他的兒子和陽王，對其忠心耿耿。但歷史上所記載的是，朱元璋離開皇覺寺後，投

靠的是郭子興。郭子興是劉福通紅巾軍的
部下，一直到郭子興死後，朱元璋接收
了郭子興的勢力與軍隊，但仍尊奉小
明王韓林兒。二是描述朱元璋尚未趕到
安豐，劉福通與韓林兒已被張士誠部將呂
珍所殺（本書第十一回）。歷史上卻是朱元
璋趕到安豐救了劉福通與韓林兒，先將他們
安置在滁州，後來再派人將他們接到金陵

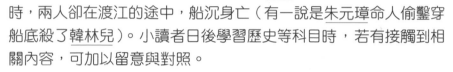

時，兩人卻在渡江的途中，船沉身亡（有一說是朱元璋命人偷鑿穿
船底殺了韓林兒）。小讀者日後學習歷史等科目時，若有接觸到相
關內容，可加以留意與對照。

　　大明英烈傳篇幅龐大、人物眾多，因此本書並沒有一一描述原
著中曾出現的每位人物，而是以朱元璋為中心，挑選圍繞他身邊叱
吒風雲的人物進行撰寫。有些是朱元璋的敵人，如沉溺逸樂的元順
帝，心高氣傲、拒納忠言的陳友諒以及目光短淺、唯利是圖的張士
誠；有些則是一起作戰共同打天下的夥伴，如神機妙算的劉伯溫，
具備仁、智、信、勇、嚴五項特質的大將徐達以及擁有丞相能力與
氣度的李善長。本書特別加強這些人物心理面的詮釋，揣摩他們當
下的心情，適時的加入一些獨白，例如朱元璋並不純然是一位仁德
之人，他其實也有霸氣殺伐的一面（本書第十三回，朱元璋被老僧
強迫捐銀，所動殺機與所題之詩），他也會有內心的矛盾與不安（本
書第十一回，是否要去援救韓林與劉福通）。透過這樣的描繪，希
望讓小讀者看到的不只是歷史上成王敗寇的故事，還能更貼近故事
中的人物，了解他們的人格特質。

三、經典改寫

　　在文體上，原著採用章回體，文字半文半白，偶爾會出現「話

本」的用語，例如「各位看官們」、「話說」，也有一些古文的詩詞出現。為了讓小讀者易於閱讀，故將這些部分作了刪除或改寫。此外，在內容編寫與情節安排上，原著事件龐雜、故事節奏太過緊湊，在閱讀理解上頗為費力。所以本書將原著厚厚八十回內容，加以濃縮，挑選較精采、符合史實的部分鋪陳撰寫，而這些故事內容的背後，都隱藏著待人處事的態度與智慧。例如本書第七回中，朱元璋擔心「戮一人而千萬人懼」，所以接受了陳也先的投降，當陳也先叛逃被殺後，朱元璋不計舊怨，再接受陳也先之子陳兆先投降，這便是「舉大事者不忌小怨」的最佳範例。

寫書的人

城菁汝

政治大學歷史系，英國萊斯特大學博物館學研究所畢業，目前從事數位典藏工作，常應邀於各大專院校演講，利用業餘時間從事童書創作。她熱愛看小說與逛博物館，希望能透過文字傳達歷史與物件背後所隱藏的動人故事，著有最能接受批評的皇帝：唐太宗、牧童皇帝：朱元璋。

大明英烈傳

目　次

大明英烈傳

第一回　挑動黃河，天下反

　　元朝是由蒙古人南下中原所建立的。一開始，蒙古人兵強馬壯，四處打仗，元朝非常的繁盛。但是，傳到第十個皇帝順帝時，國力已經大不如前。

　　順帝是一個很愛玩的皇帝，他討厭上朝，也不喜歡跟臣子討論國家大事，每天都待在後宮裡，跟妃子們玩樂與划龍舟。為什麼皇宮裡會有龍舟呢？原來是順帝為了體驗水上人家的生活，花很多錢打造了一艘金碧輝煌的龍舟，船上有宮殿、迴廊及樓閣，整艘船更大到需要有一百二十名侍衛同時撐篙，才會移動。順帝自從有這艘龍舟後，就更不想上朝了，他將所有國家大事都交給左丞相脫脫與右丞相撒敦去處理。俗話說：「上梁不正，下梁歪。」在上位的皇帝生活奢侈享樂，底下的臣子就容易有樣學樣，作威作福，欺壓善良的老百姓。日子一久，元朝的政治越來越腐敗，人民生活也越來越困苦，反元的聲音逐漸在民間出現。

黃河邊，有個地方叫白鹿莊，景色優美，春天百花齊放、萬紫千紅；夏天綠竹環繞、清爽宜人；秋天楓葉點點、火紅遍野；冬天則有淡雅的梅花圍繞。

一天，官員賈魯經過白鹿莊，看到這個有如人間仙境的地方，想占為己有，便對身邊的隨扈說：「你去打聽打聽，看這個地方是誰的。把我的名號亮出來，讓他乖乖把這個地方送給我。」

隨扈平時作威作福慣了，聽了賈魯的命令後，就大搖大擺的走進白鹿莊，扯開嗓門大喊：「來人啊，京師的賈魯、賈老爺大駕光臨，還不趕快出來迎接，準備茶水招待。」

這時，白鹿莊內走出一位手拿長槍、留著長鬍、頭上綁著紅巾的大漢，瞪大雙眼，怒氣沖沖的大罵：「京師的人果然沒有禮貌。誰是『假』老爺？就算是『真』老爺，也不配喝我白鹿莊的茶。還不趕快滾出去！」話一說完，他拿著長槍就往隨扈一刺，正中隨

3

扈左臂，鮮血立刻流個不停。隨扈大怒，抽出大刀砍向大漢，兩人過招十多回合，隨扈逐漸不敵大漢的攻勢。原本賈魯威風八面的在一旁觀看，知道情形不妙，連忙大叫：「不給茶喝就算了，何必動刀動槍，我們走！」說完便招回隨扈，落荒而逃。

賈魯心有不甘，暗暗記下這筆帳：「可惡的鄉巴佬！在京師有誰不知道我賈魯？竟然敢拿槍對著我。好啊好啊……我一定要把白鹿莊給剷平！」

回到京師，賈魯入宮晉見順帝，順帝正與妃子們在龍舟上嬉戲。他知道賈魯剛回京，好奇的問：「你這一路上有看到什麼有趣好玩的事情嗎？」

賈魯稟告：「臣沿路只看到黃河淤積，堵塞不通。民間流傳一首歌謠說：『石人一隻眼，不挑黃河天下反。』臣覺得皇上應該順應歌謠，將黃河好好整治一下，如此一來，不僅百姓會感激皇上，相信天下也不會有叛亂發生。」

順帝一聽，皺起眉頭暗自心想：「這個賈魯怎麼突然正經八百起來？朕就看看你在打什麼主意。」便說：「你說得很有道理。可是，黃河那麼長，要從哪裡整治起呢？」

賈魯回答：「根據臣的觀察，黃河淤積最嚴重的地

方就在白鹿莊，都是因為百姓私自占領沿岸的土地蓋房子，讓河道越來越窄，所以才會堵塞。」

「既然歌謠說『不挑黃河天下反』……好！那朕就下令拆除白鹿莊民房，整治黃河，這樣天下就太平了。如果有不聽從命令的人，就把他的頭給砍了。」順帝爽快的下了聖旨。

這下子賈魯果然報了仇，他將民間歌謠「石人一隻眼，挑動黃河天下反」的第二句稍微修改成「不挑黃河天下反」。順帝老是待在皇宮，又長久不理政事，哪裡聽過什麼歌謠，因此根本不曉得賈魯改了歌詞。他以為自己幫百姓做了件好事，卻沒想到這樣一個舉動，竟然造成日後的民變，徹底改變了元朝的命運。

那天趕走賈魯的大漢其實就是白鹿莊莊主劉福通，他是漢朝皇帝的後代，平常以長槍為武器，頗富智謀，是位俠義之士，一向看不慣朝廷官員貪贓枉法，他見附近居民受官員欺負，經常出面主持公道、仗義執言，在地方上具有相當高的威望與人氣。

一天，<u>劉福通</u>聽到<u>白鹿莊</u>外頭鑼鼓喧天，覺得好奇，出門一看，只見縣太爺騎著馬，帶著三百多名的官兵朝著<u>白鹿莊</u>而來。

縣太爺對著<u>劉福通</u>與出來一探究竟的鄉民大聲宣布：「為了疏通<u>黃河</u>，皇上下令拆除<u>白鹿莊</u>以及附近百里內的民房，讓河道更加寬闊。如果有不遵從而要阻攔的人，當場問斬。」

「什麼？我家世世代代都住在這裡，要是拆了它，我們一家四口要住哪裡呢？」鄉民都被這個壞消息給嚇住了，不停的竊竊私語，有些人還忍不住哭了出來。

這時，鄉長鼓起勇氣對縣太爺說：「大人，我們在這裡住了好幾代了，<u>黃河</u>淤積不是這裡河道太窄，而是上游的問題。更何況，民間傳言：『石人一隻眼，挑動<u>黃河</u>天下反。』<u>黃河</u>一整治，可能會有叛亂發生，這樣……」

「大膽！」縣太爺打斷鄉長的話，氣沖沖的說：「這是皇上的命令，誰敢不遵守？聖旨上說『違令者斬』，今天就用你這顆人頭來殺雞儆猴，看看還有誰敢反對。」

可憐的鄉長，開口為老百姓講話就人頭落地。其他原本還在吵鬧的鄉民，看到鄉長的下場，都嚇得閉

上嘴巴，敢怒不敢言，只能眼睜睜的看著官兵拆毀他們的家園。

劉福通看著自己一手建立的白鹿莊，轉眼間就被夷為平地，既難過又生氣，他想：「我一向安分守己，現在卻無家可歸，這樣還有天理嗎？與其讓人欺負，不如……反了吧，就造反了吧！」在心裡打定主意後，他提起長槍，爬上土堆，對著鄉民大喊：「鄉親們，蒙古人禍國殃民，只知道欺負我們小老百姓，大家不如就造反了吧！我向大家保證，肯跟我一起抵抗朝廷的人，以後成就大事，就能一起享福；不肯跟隨我的，就只能去鑿河道、作苦工，過著苦日子！」

劉福通原本在地方上就頗有人望，話才剛說完，幾百位鄉親立刻高聲附和，聚集到劉福通身邊擁護他，高喊：「我們願意跟隨你，一起把蒙古人趕出去！」

一旁的縣太爺見群情激憤，一時慌亂跌下馬來，被群眾一刀刺死。官兵們看到縣太爺被殺，事情一發不可收拾，為了保命也紛紛逃跑。

這時，黃河邊傳來一陣驚呼。原來是挖掘河道的工人挖到一尊石人，這石人只有一個眼睛，正好符合了歌謠的「石人一隻眼」。

劉福通看到石人，不禁開心的大笑，拿著長槍指

著石人，大喊：「大家都聽過『石人一隻眼，挑動黃河天下反』的歌謠。蒙古人挑動黃河，馬上挖出一隻眼的石人，這不就是老天爺的旨意，要我們反了嗎？」眾人原本便受劉福通鼓動，如今又親眼看到石人，當場群起響應，高聲歡呼！

就這樣，劉福通以反元的名義，四處招兵買馬，吸引了許多吃不飽、穿不暖的人前來投靠，因為當兵至少有軍糧可吃、軍衣可穿，不會挨餓受凍。劉福通將這些人編列隊伍，加以訓練，沿路攻打元朝的大州小縣。元軍因為已經很久沒有打仗，根本敵不過這些強悍的民兵，節節敗退。劉福通聲勢越來越大，他把亳州當作基地，擁立韓林為王，國號大宋，自己則擔任大宋的軍事大臣。

劉福通叛變成功，對其他不滿元朝統治的人起了很大的鼓舞作用。叛變的火種一下子就點燃起來，各地接二連三的發生自立為王的事件。地方官員抵擋不住，趕緊將這些消息以快馬送往京師請求援助。

第二回　糊塗的元順帝

　　京城裡，月亮高掛在枝頭，大部分人家都已經熄燈好眠，只有左丞相府的書房裡，還是燈火通明。左丞相脫脫眉頭深鎖的坐在桌前，眼睛瞪著從全國各地傳來的軍情。每一封都是一件叛亂，每一件叛亂背後，都是一塊國土的失去。脫脫氣憤的握緊拳頭，決定隔日一早就面聖商議此事。

　　天都還沒亮，脫脫便進宮要求參見順帝。脫脫等了好一會兒，順帝才睡眼惺忪的出現。

　　順帝看著腰桿挺得直直的脫脫，打了一個大呵欠，語帶埋怨的說：「丞相啊，你一定要一大早就來吵朕嗎？到底有什麼緊急的事？」

　　「啟稟皇上，臣接到各府州縣的緊急快報，近來各地叛變稱王的人，越來越多。情況危急，所以臣才會天還沒亮，就趕緊進宮面聖。」

　　順帝聽了，不以為然的搖搖手，說：「幹嘛大驚小怪的，不過就是些亂民，要各地衙門處理一下就好了，

有什麼危急的？」

「皇上！」脫脫見順帝滿不在乎的神色，凜然正色說：「這已經不是一般的民亂，全國有十四州被各個勢力占據，眼看叛軍就要打到汴梁了！」

「什麼！汴梁？那不就快接近京師了……」順帝驚叫，睜大眼睛，這時才真正清醒，驚慌的問：「丞相，那現在怎麼辦？該怎麼辦？」

「據臣所知，叛軍中以劉福通、徐壽輝與張士誠聲勢最大。臣建議，先除大寇，再滅小賊，請皇上下令派軍討伐三大寇，以安定民心。」

順帝趕緊說：「好好好……一切就照丞相說的辦。」

順帝派出大軍討伐劉福通、徐壽輝與張士誠。元軍人數雖多，卻因懶散已久，又沒有能征善戰的將領指揮調度，結果除寇不成，反而被打得落花流水，只剩下殘兵敗將逃回京師。順帝嚇得手足無措，面如白紙，趕緊召集文武大臣，商量對付的方法。

「現在四處都是叛軍，派出去征討的官兵，又都吃了敗仗。朕想問問大家，這該怎麼辦？」順帝說完，所有大臣都把頭低了下來，沒有人敢出聲。這些大臣吃喝玩樂很在行，但對於打仗、除寇卻是外行。順帝

看大家都默不出聲，又問了一次：「你們有什麼看法？儘管提出來。」殿下仍舊一片寂靜。

最後，只有脫脫出列，跪下叩頭上奏：「天下動盪不安，盜賊四起，天災頻傳。臣不能為國掃除禍患，實在有愧於丞相一職。」脫脫這番大義凜然的話，說得大臣們心裡慚愧，把頭壓得更低了，只有撒敦滿臉不悅的瞪著脫脫。脫脫目光掃過眾人，停了一下，繼續說：「臣願意再披戰甲，替皇上平定江淮，以報答皇上的恩德！」

順帝一聽，立刻放下心來，開心的說：「左丞相是我朝第一武將，你親自出馬除寇，一定能馬到成功！等你凱旋歸來，朕一定封你為王，大大賞賜你。」

脫脫看著順帝，語重心長的稟告：「盡忠報國，本來就是臣子的責任，臣不敢再求封賞。臣這次前去，只希望陛下能多親近賢臣，遠離小人，如此國家才會繁榮安定！」順帝見脫脫願意領兵平亂，非常開心，也沒聽清楚脫脫說了什麼，只是點頭答應。

脫脫被封為總兵大元帥，帶領大軍渡過黃河討伐叛軍。這天，大軍進入大宋韓林的勢力範圍內。大宋守將接到元軍來襲的消息，一點都不緊張，反而自信

滿滿的說：「元軍不堪一擊，不管派誰來都一樣！」立刻率兵迎敵。但他並不知道，脫脫武功高強，熟悉兵法，與之前派來的元朝將領並不相同。

宋元兩軍對峙，宋將騎著馬出陣，對著元軍大喊：「不怕死的，就出來！」

脫脫大怒，一聲震天怒吼：「亂臣賊子，還敢口出狂言！」他提刀縱馬，往宋將殺去。只見刀光劍影，兩人交戰不到十回合，立即分出高下。脫脫臉不紅、氣不喘，神色依舊，但宋將早就氣喘吁吁，只能勉強抵擋脫脫的攻勢。

宋將知道自己打不贏脫脫，正要掉頭逃回城中，這時一道銀光閃過，他已成為脫脫的刀下亡魂。元軍見到這個情景，士氣大振，奮勇殺敵。宋軍群龍無首，亂成一團，只能四下潰散奔逃。

在城牆上觀戰的韓林，見脫脫沒兩三下就殺了手下大將，心生恐懼，急忙下令關閉城門，不敢再應戰。韓林與劉福通緊急商量對策，劉福通建議：「脫脫智勇雙全，銳不可擋。俗話說：『好漢不吃眼前虧。』此時元軍氣勢正旺，如果

猛攻，不僅這座城保不住，還會增加我軍的死傷，因此不要與他正面交鋒，才是上策！」

當天晚上，韓林與劉福通便趁著黑夜，帶領殘兵棄城而逃。第二天一早，元軍到城下叫戰，發現城門大開，老百姓扶老攜幼的出城迎接。一問之下，才知道宋軍懼怕脫脫軍隊的威勢，連夜逃跑。

脫脫大喜，率兵進城，嚴禁士兵騷擾百姓，並開糧倉救濟人民，安撫百姓。此後，脫脫領兵打仗更是所向無敵，一路收復許多城池，同時也派使者入京，向順帝報告好消息。

京城裡，撒敦得知脫脫打勝仗的消息，氣得面紅耳赤，對大臣哈麻說：「哼！沒想到脫脫竟然打了勝仗，我還以為他已經老得揮不動刀了。」

哈麻附和說：「原本還期待這些暴民殺了脫脫，替我們拔了這個眼中釘。沒想到……」

撒敦攏緊眉頭，說：「脫脫和我都是丞相，職位相當。如今他打了勝仗，皇上對他一定會更加寵信。只怕他的權勢會超越了我，到時要做些什麼事，就不是那麼容易了。」

哈麻說：「丞相思慮周到啊！以後想要升官的，恐

怕會害怕脫脫威勢，不敢送金銀財寶來，豈不是斷了丞相的財路嗎？」

「這可惡的脫脫！臨走前還對皇上說什麼『遠離小人』，根本就是暗罵我是『小人』。再不想個辦法除掉他，只怕後患無窮啊！」

哈麻靈機一動，壓低音量說：「不如趁現在打勝仗的消息還沒有傳到皇上耳裡，我們先把脫脫派來的使者……」哈麻停了一下，手比劃頸動作，才繼續說：「然後，讓其他官員彈劾脫脫，說他出兵三個月，卻沒有立下功勞，應該加以懲罰，以警惕百官。」

「妙啊！真是個妙計！」撒敦開心的大笑。

順帝接到官員彈劾脫脫的奏章，起初還半信半疑，但撒敦與哈麻兩人左一語、右一句的進讒言，一下說脫脫常常批評順帝，一下又說脫脫曾經抱怨順帝是個糟透了的皇帝。順帝不禁勃然大怒，沒有求證事情的真假，便下令：「既然脫脫打不贏叛軍，那就摘掉他的官帽，換一個將軍好了！」

就這樣，脫脫被解除了軍職。不到半個月，又接到朝廷貶他到雲南的命令。脫脫拿著聖旨，臉上露出悲壯的苦笑，哀傷的說：「想不到我一生為國，竟然落到這樣的下場。看來沒見到我的屍體，撒敦跟哈麻是

大明英烈傳

不會甘心的……與其這樣，倒不如一死，也免去這些羞辱！」說完，他便服毒自盡。

　　劉福通與其他反叛勢力得知脫脫身亡的消息，馬上率兵回攻。元軍失去了脫脫的統領，哪裡殺得過這些民兵？短短一個月，好不容易奪回的城池又再次失守。

　　這些反叛元朝的軍隊，除了攻打元軍外，彼此間也互相爭鬥；而在北方京城的元順帝，少了忠臣脫脫的勸誡叮嚀，更加肆無忌憚的享樂遊玩，將國家政事都交給撒敦、哈麻等奸臣處理。

　　從此以後，南方兵荒馬亂，北方則是奸臣亂國，可憐的老百姓只能在水深火熱中求生存。

第三回　一笑惹禍，下凡來

正當全國動盪不安的時候，有位未來將解救萬民於水深火熱之中的英雄人物，正悄悄在濠州揭開他故事的序幕。

濠州皇覺寺有位六十多歲的得道高僧，人稱高彬長老。這天，高彬提早結束晚課，對寺中和尚說：「今天是十二月二十四日，眾神都會返回天庭，向玉皇大帝報告人間的善惡。今年我與本寺的護寺伽藍神將一起前往天庭，大家今晚早點休息，不要來打擾。」交代完畢，高彬立刻回房，在床上盤起腿，閉起眼睛，專心打坐。

過了一會兒，高彬頭上忽然出現一道光芒，接著不知從哪裡冒出了陣陣白煙，瀰漫整個禪房，等煙散去後，已經不見高彬的身影。

這時，高彬已經在天庭門口了。伽藍神早在門口等他，一見高彬，趕緊拉著他走，口中還不停念著：

「趕快趕快，眾神都到了，只差我們了！」

進入天庭大殿，高彬偷偷瞧了一眼，只見玉皇大帝神色莊嚴，穿著金黃色的袍子坐在龍椅上。等眾神到齊，玉皇大帝便開口：「最近凡間兵荒馬亂，政事烏煙瘴氣，百姓生活痛苦，眾仙討論看看，想個辦法來解決。」

這時，一位神仙稟奏：「凡間之所以一團亂，是因為沒有一個好皇帝。如果玉帝可以指派一位仙人下凡當皇帝，相信一定可以將禍亂除掉，讓天下恢復正道。」

「嗯……你說得很有道理。」玉皇大帝贊同的說：「以往人間的皇帝都是天上的星神投胎轉世，下凡解救眾生。現在朕就派個神仙去凡間走一趟。」玉皇大帝環顧眾仙，問：「有誰願意去啊？」沒想到聽到這話，眾仙個個都把頭低下來。

「有沒有誰自願下凡啊？」玉皇大帝一連問了幾次，殿下一片靜默，沒有誰敢出聲。

「如今凡間的人民受苦受難，你們竟然忍心不管。」玉皇大帝火冒三丈，大罵：「大家都不想去，難不成要抽籤嗎？」

「噗哧！」

「嘻嘻！」

此時<u>玉皇大帝</u>後方傳來兩聲笑聲。原來是站在<u>玉皇大帝</u>身後的<u>金童</u>與<u>玉女</u>，聽到這話，忍不住笑了出來。

<u>玉皇大帝</u>已經十分不悅，聽到這笑聲更是火上加油，不禁生氣的說：「你們兩個笑什麼？什麼事這麼好笑？既然這樣，就派你們兩個下凡投胎，一個當皇帝，一個做皇后。」<u>金童</u>、<u>玉女</u>一聽，原本可愛的微笑臉蛋，瞬間都變成了苦瓜臉。

<u>玉皇大帝</u>看兩個孩子面有難色，心中不忍，口氣轉軟，說：「你們天資聰穎，機智敏捷，有足夠能力可以擔任凡間的皇帝、皇后。不用擔心，朕會另外派神仙下凡，幫助你們完成大業。」

事情就這麼定案了。<u>玉皇大帝</u>命令<u>城隍</u>挑出全天下最有德行的十戶人家，接著取來衡量善惡的秤，看看哪戶人家積德最多。最後秤得一個連續三十三代都是大善人的家庭福德最重。

「那就讓金童投胎到這家去吧。」玉皇大帝說完便回宮。伽藍神看了看這個景象，轉身對高彬說：「這麼看來，我們皇覺寺也沾上了光。走吧！」

回到皇覺寺中的高彬，看著已經微微亮了的天色，忍不住摸摸鬍鬚，自言自語：「不知道金童是投胎到哪戶人家，姓什麼？伽藍神為什麼會說本寺也沾了光呢？真是奇怪。」

時間過得很快，一下子就到了桂花飄香的八月。一天，伽藍神突然現身對高彬說：「真命天子來了！師父一定要救他。」高彬趕緊跑到寺門口，看見大門旁邊睡著一對夫妻。

高彬將他們叫醒，詢問他們的來歷，男子說：「我叫朱世珍，因為家中失火，東西都被燒光了，所以想要暫時去投靠女婿。昨天晚上因為趕路，不小心錯過旅店，加上妻子懷孕，行動不方便，所以才先在這裡休息。」

高彬看朱世珍相貌不凡，心想他那個還沒出生的孩子搞不好就是金童投胎，於是說：「夫人懷孕又趕路，總是不方便。如果你願意的話，不如就先住在

旁邊的小屋裡，等孩子生下來之後，再動身也不遲。」

「這樣真是太好了，謝謝師父，謝謝師父！」朱世珍連忙一直道謝，心裡也踏實多了。因為一旦有安身之處，妻子就不用挺著肚子辛苦的趕路了。

朱世珍夫婦在皇覺寺旁的小屋住了下來，轉眼一個月過去了，高彬想：「去年十二月的時候，玉皇大帝命令金童下凡，按照時間推算，應該是這時候要誕生了。我不如去朱世珍那裡探望一下，看看孩子生下了沒？」

高彬往小屋走去，卻聽到眾人議論紛紛的嘈雜聲。原來是左右鄰居發現天上出現了五色的彩雲，又看到兩條黃龍，繞著小屋盤旋不去，紛紛丟下鋤頭、鐵鍬，

23

從田裡跑來看這奇景。高彬正驚嘆不已時，天空中突然出現一道白光，往朱世珍家中射去。高彬心想：「我猜得沒錯，果然是金童投胎！」

朱世珍看到高彬來訪，高興的說：「師父，孩子順利出生，是個男孩！不過不知道為什麼，這孩子全身散發香氣，將滿屋子熏得香噴噴的。」

高彬趕緊向朱世珍道賀：「恭喜施主！老衲看天上降下了吉祥的徵兆，這孩子一定非常尊貴，不如讓老衲幫他取個法號與佛門結緣，讓神明保佑他平安長大吧。」後來，這個新生兒被取名為朱元璋。

奇怪的是，朱元璋自從出生後就哭個不停。到了第三天，朱世珍很擔心，趕緊到皇覺寺祈求伽藍神讓孩子不要再哭了。朱世珍才剛出門，就看到一位頭戴鐵冠、身材高瘦的道人，手中拿一面寫著「懸壺濟世」的蒲扇，口中喃喃念著：「專門醫治疑難雜症，任何醫不好的病，都可以治！」

於是朱世珍走上前，詢問：「道長，我的兒子出生

才三天，一直哭個不停，這樣可以醫嗎？」

「哈哈哈！我就是知道他在哭，才從遠方來見他。你帶他來見我，我保證他不會再哭。」

朱世珍連忙抱朱元璋來見道人。道人將手中的蒲扇對著朱元璋揮兩下，並在他的耳朵旁邊說：「不要哭，不要哭，誰叫你當初要偷笑。玉皇大帝派了眾神仙來幫你平定天下，前面的路一下子就會走完，你再用日月兩字合併命名，保證你到時笑呵呵。」說也奇怪，道人說完後，朱元璋就不哭了。後來這樁奇事便在鄰里間傳了開來。

第四回　烤牛來吃的牧童

時光流轉，不知不覺朱元璋已經十一歲了，這一年朱世珍耕種的農地收成不好，朱元璋為了貼補家用，只好幫村中的富豪劉員外牧牛，開始小牧童的生活。

劉員外雇用的七、八位牧童年紀都差不多，常常聚在一起玩耍。這天，他們將牛趕到草地上吃草後，便用黃土堆成高臺，玩起「皇帝帶兵」的遊戲。

有兩三個年紀比較大的孩子，一看到高臺堆好，就爭著說：「我先，我先，我年紀最大，我來當皇帝。」

一個高個子反駁說：「才不是呢！我長得最高，應該是我當皇帝才對。」

但是，不管是誰當皇帝，只要輪到朱元璋下跪時，坐在高臺上的人都會跌下來，怎麼樣都坐不穩。大家不信邪，連續換了好幾個人當皇帝，結果每個人都跌得鼻青臉腫，只有朱元璋可以穩穩的坐在高臺上。最後大家沒辦法，只好讓他當皇帝，聽他的命令。

這些牧童都是窮人家的孩子，常常有一頓沒一頓的。玩了半天，大家早就餓得受不了，便吵著朱元璋這個皇帝想想辦法。朱元璋年紀雖小，但個性好強，心想：「我既然當了皇帝，絕對不能讓大家看不起。」於是，他指著不遠處悠閒吃草的牛，氣勢十足的說：「肚子餓，那就把牛殺了，烤來吃吧！」

「可、可是，這是劉員外的牛。」一個膽小的牧童十分害怕，不敢動手。

「怕什麼？」朱元璋拍拍胸脯，豪氣萬千的說：「有事我負責！」大家一聽，便開心的宰了一頭小牛，將牠烤得香噴噴的，一下子吃得精光。大家把骨頭藏好，剩下一條牛尾巴，朱元璋就把牛尾巴插在大石頭的縫隙裡。

天色漸漸暗了，牧童們將牛趕回劉員外家。劉員外很快便發現少了一頭牛，並且生氣的質問他們。只見朱元璋一臉無辜：「小牛不知道怎麼了，鑽進石縫裡去，我們怎麼拉都拉不出來。」

「胡說八道！我不信，你帶我去看。」劉員外氣得拉著朱元璋的耳朵往外走。到了草地上，朱元璋眼見謊言就要被拆穿了，趕緊默念：「土地爺爺，土地爺爺，趕快來幫我！」

沒想到原先插在石頭縫中的牛尾巴，竟然開始左右搖擺。劉員外拉著牛尾巴，想把牛給拖出來，但怎麼使勁都沒辦法，只聽到石頭裡傳來「哞——哞——」的牛叫聲。

原來是真命天子開了金口，即使土地公都年紀一大把了，也只得躲在石頭裡，一邊用手搖著牛尾巴，一邊裝牛叫，非常辛苦。劉員外拉不出牛尾巴，沒辦法證明朱元璋說謊，這件事只好就這麼算了。

朱元璋暗喜，心想：「哈哈哈！這樣子都沒事，那我以後就不怕肚子餓了。」

過了一陣子，牧童們餓到忍不住，又殺了一頭牛吃。朱元璋按照上次的方法，想騙過劉員外。

劉員外心想：「好啊！你這個傢伙，我明明聞到你身上的牛肉味，還敢狡辯？」於是他私下叫來其他的牧童逼問，牧童們膽子小，被劉員外嚇得動也不敢動，只好吞吞吐吐的說出：「是、是、是朱皇帝叫我們把牛烤來吃的。」劉員外知道真相後，氣得把朱元璋毒打

大明英烈傳

了一頓，不肯再雇用他。

　　朱元璋沒有了工作，從此之後只能在家中幫忙耕田，一家人的生活更加貧苦。

　　光陰飛逝，春去秋來，轉眼間朱元璋已經十七歲了。這年接連發生風災、水災，瘟疫流行，朱元璋的父母先後過世。鄰居看朱元璋一個人孤苦無依，就建議他到皇覺寺出家當和尚，至少有吃有住，不必擔心餓死或冷死。

　　朱元璋進皇覺寺後，高彬特別照顧他，日子過得還算不錯。沒想到，不到兩個月，高彬就過世了。寺裡其他和尚本來就嫉妒高彬對朱元璋特別疼愛，這下子朱元璋的靠山沒了，大家便常常欺負他，甚至還把粗重的工作都丟給他。

　　這天，外頭颳著冷颼颼的風，下著大雨，和尚們命令朱元璋到湖邊的樹林裡撿柴。因為那湖離皇覺寺有三十多里，加上風雨交加，路上泥濘難行，直到天黑，朱元璋才抵達湖邊。朱元璋一邊撿柴一邊抱怨：「難不成我要一輩子當撿柴的和尚嗎？」一分心，朱元璋腳一滑，「撲通」一聲，跌入湖中。

　　「救命啊，快來人啊！……」朱元璋不懂水性，

大明英烈傳

只能拚命揮舞雙手掙扎，大聲呼救：「救命啊！……咕嚕咕嚕……救……」當朱元璋以為自己就要命喪湖底時，忽然聽到有人說：「皇帝落水，快去保護他！」

朱元璋意識模糊間，好像看見身邊出現許多青面獠牙、圓眼紅髮的鬼靠近他說：「皇帝不要擔心，讓小鬼們扶您上岸！」朱元璋只覺得有人拉著他的手，有人托著他的腳，轉眼間他已經離開湖水，回到了皇覺寺門口。

其中一個身材高大的青面鬼對朱元璋行禮，說：「我們已經把事情都做好了，請皇帝進去房間好好休息。」此時已經很晚了，朱元璋經過這番折騰，回到房中便昏沉沉的睡去。

隔天清晨，和尚們起床準備燒柴做飯，發現廚房裡堆滿了一綑綑的木柴，把門口都堵住了，驚訝得嘴都合不起來。所有和尚一起幫忙，挑的挑，抬的抬，忙了半天才清出一條路來。原來是昨晚青面鬼領著眾小鬼，替朱元璋把柴撿好，送回皇覺寺。

朱元璋一起床，看到這個景象，自己也呆了，心想：「昨晚的事果然不是夢。青面鬼叫我皇

帝，難不成我真的有當皇帝的命嗎？」他不知道該找誰商量，因為「當皇帝」這種大逆不道的話，如果被別人聽到可是要砍頭的，他想來想去只好去問神明。

來到伽藍殿中，朱元璋虔誠的拜了拜，然後雙手握住一對筊杯，口中說著：「伽藍神，自從高彬長老圓寂後，我老是被人欺負。現在我想離開皇覺寺，但是前途茫茫，不知何去何從，還請伽藍神指點。如果我離開皇覺寺，能另外建一座寺廟，當個住持，就請給我三個陰筊；如果我不適合當和尚，改做生意，有機會成為財主的話，就請給我三個陽筊；如果是……」朱元璋不敢說出「當皇帝」，只好說：「如果我去從軍，可以做個將軍，那就請給我三個聖筊。」說完，便將筊杯擲下，沒想到連擲三次，那筊杯竟然都直挺挺的立在地面。

朱元璋看了大驚，心中不安，「難不成真的要我當皇帝嗎？」他撿起筊杯，喃喃念著：「如果真的是要我當皇帝，就再給我三個立筊。」果然連得三個立筊。

朱元璋受到莫大的鼓舞，心中升起一股救世救民的熱血，繼續問：「這福分非同小可。如今天下混亂，

我赤手空拳，身邊又沒有人幫忙，如何拯救百姓於苦難，又如何能成就大事呢？如果會有英雄好漢幫助我平定亂世，就再給我三個立筊吧。」一擲筊杯，果然又是三個立筊。

　　朱元璋此時終於相信自己的使命，他朝伽藍神跪下，叩了三個頭，無比堅定的說：「如果我真的能平定亂世，解救萬民於水深火熱中，我一定會重修皇覺寺，塑個金身報答您。」

第五回　賢臣勇將，快來啊

　　朱元璋離開皇覺寺後，到滁州投靠舅舅郭光卿，跟著表兄弟們一起習武念書，並幫助舅舅做一點小生意。朱元璋天資聰穎、反應快，不論是讀書、練武，或者做生意，都學得比表兄弟們又快又好。

　　表兄弟們心胸狹小，十分嫉妒朱元璋，常常故意找他麻煩。寄人籬下的朱元璋只能一邊努力學習，充實自己，一邊避開表兄弟們的刁難，有時來不及躲避，難免要吃些苦頭，幸虧舅舅的養女馬小姐總會適時的伸出援手，幫忙解危。

　　有一次，表兄弟們趁郭光卿不在家時，竟然將朱元璋關進柴房，好幾天都不給他食物，想要餓死他。幸好馬小姐偷偷送餅給他，他才活了下來。面對這些磨難，朱元璋只能不斷的以皇覺寺擲筊的結果安慰自己，暗自期盼機會早日到來。

　　一天，郭光卿吩咐朱元璋準備一車梅子，前往金

陵販售。這時正好是夏季，天氣非常炎熱，朱元璋滿頭大汗的推著梅車。走了一段路後，他看到前方山坡上有一棵大榕樹，便想：「天氣這麼熱，不如先把車子推到樹蔭下，休息一下再趕路吧。」

樹下剛好有四位身材魁梧的男子在練習武功，無論是舞刀弄劍、揮槍耍斧，身手都很俐落。朱元璋在旁邊欣賞，暗自叫好。過了一會兒，其中一位男子擦擦汗，嚷著：「口好渴，這時候要是有杯水可以喝的話，那就太好了！」

「呵呵呵……俗話說『望梅止渴』，你可以試試看有沒有效。」另外一位大漢指著朱元璋放在一旁的梅車開玩笑。

朱元璋聽到這句話，便趕緊拿出一些梅子，說：「相逢就是有緣，天氣這麼熱，我請大家吃些梅子，解渴一下。」

眾人連忙推辭，但是朱元璋態度非常誠懇，說：「請不要客氣，四海之內皆兄弟，我剛剛欣賞了各位英雄的好武藝，心中很佩服。請用，就當作是小弟結識大家的一點心意！」這些人看朱元璋這麼豪爽，對他好感倍增，便接受他的好意，彼此問起對方的姓名與來歷。

其中最年輕的少年率先開口：「我叫吳禎，練的是兩把長劍。這位是鄧愈大哥，最會舞長槍。」又指著一位說：「這是湯和大哥，從小就擅長兩把板斧。」才說完，又拉來一位：「這是郭英大哥，力氣很大，因為他曾經向五臺山的和尚習武，所以以鐵棍為兵器。」

當大家聊得十分熱絡時，突然颳起一陣強風，塵土滿天遮蔽了路途。看到這個景象，吳禎就對朱元璋說：「這風應該不會這麼快停。我家就在前面，不如先到我家避一避這陣怪風。等風過了，你再上路也不遲。」說完，便自顧自的推著朱元璋的梅車往前走。

走不到半里路，前方出現一座宅子，吳禎將梅車推入，大喊：「哥哥，我請義兄們到家裡避風，另外還有一位客人，你快出來跟大家見見面。」屋內走出一名大漢，體格壯碩。吳禎介紹兄長和朱元璋認識，接著便招呼大家進廳。

等眾人入座後，朱元璋說：「吳禎兄弟，剛才見你舞那兩把長劍，好像鑲滿花朵的輪子一樣，我只看得到一圈圈的劍光，完全看不到你的身影，這功夫真是威風呀。」

吳禎臉一紅，連忙謙虛說：「我的功夫哪裡比得上義兄們。」

大明英烈傳

「你就不要謙虛了。」一旁的鄧愈也稱讚起吳禎的劍法：「我這位義弟的劍一舞起來，就像兩條白龍相鬥，令人無法直視，他卻能在劍後仔細的觀察敵人。江湖上的俠客找他比試，都敗在他手下。人人都說他這門功夫，一定是鬼神所傳授，才會這麼神奇。」

朱元璋說：「大家個個武藝高強，但現在社會混亂，恐怕是埋沒了各位英雄。」

「正是如此。」眾人不禁感嘆，郭英說：「湯和的師父是位得道高人，他觀測星象後曾經說過：『金陵有真命天子的氣息。』因此我們才會相約在這個地方，打算去金陵碰碰運氣。但是昨天有個戴鐵冠的道人，對我們嚷著：『明天真命天子會從這裡經過，你們千萬不要錯過了。』我們兄弟原本不相信他，沒想到他卻能夠說出大家的來歷，好像真的有幾分能耐。所以今天我們便等在大樹下，不過都沒有看到什麼人經過。」

朱元璋對這番話暗中留了意，心想：「難不成這群人就是上天派來幫助我的英雄好漢？」

這時，吳家兄弟已經準備好一桌酒菜招待大家。幾杯酒下肚，眾人談得更是起勁。喝了幾回之後，朱元璋敵不過烈酒的威力，有些醉了，吳禎便對朱元璋說：「朱兄弟，天色也暗了，風卻越來越大，不如你今

大明英烈傳

晚就在這裡休息，明天一早再啟程吧。」其他人也跟著一起慰留。

「那就打擾一晚，麻煩你們了。」朱元璋見他們十分誠懇，不好意思拒絕，便跟著僕人到內室書房休息。

留在大廳的一夥人各有所思，湯和首先開口詢問其他人的想法：「大家覺得這位梅子客人怎麼樣？」眾人都覺得朱元璋氣度不凡，儀態莊重，未來必定有一番作為。

湯和點點頭，又說：「昨天出現的道人也很奇怪，難道他說的真命天子就是指朱元璋？」眾人正在討論的時候，卻有人跑了進來，大喊著：「後面的書房著火了！」

大夥兒趕緊跑到後方察看。黑漆漆的天空中，沒有火光，只有一道紅光籠罩著書房上空，在場眾人看得嘖嘖稱奇。湯和趕緊低聲對吳禎等人說：「看來不用懷疑了，這個人一定就是真命天子。我們兄弟不如趁今晚拜他為主子，好為未來作準備，你們覺得怎麼樣？」其他三人紛紛點頭，表示贊同。

這時，朱元璋被吵醒，走出書房。湯和等人低身

拜向朱元璋，說明了投靠的心意。朱元璋又驚又喜，心想：「神明果然沒有騙我，派了英雄好漢來幫助我得到天下。」他趕緊將四人扶起，掩不住笑意的說：「謝謝各位英雄的賞識，其實我也有平定天下、解救萬民脫離苦難的打算，就讓我們以此為目標努力吧！」

第二天清晨，四人與朱元璋一起前往金陵，由於大夥兒年紀相近，志向相投，一路上談天說地，十分快活。此時，金陵正流行瘟疫，需要飲用烏梅汁才能治癒，因此梅子十分搶手，不到半天的時間，朱元璋車上的梅子就全部賣光了。朱元璋見手邊工作都已經完成，便提議去武當進香。幾天後，進香的行程結束，大夥兒又再次回到金陵的客棧，有說有笑的坐在一起喝茶聊天。

忽然，客棧外頭傳來一陣鑼鼓聲響，周圍客人紛紛討論著：「陳也先又來找人比試了。」

「每年都要上演一次，有免費的武功比賽看也不錯。」

朱元璋等人都不知道發生什麼事，吳禎最年輕，好奇心旺盛，便說：「我們也去看看吧。」

只見比武擂臺上站著一位身長八尺的中年大漢，留著一嘴絡腮鬍，一副目中無人的模樣，開口說：「我

大明英烈傳

是滁州陳也先，每年都在這裡設擂臺比武，卻沒有人有膽子上臺比試。如果有人可以打贏我，我便輸他一千兩銀子。」

朱元璋聽他口氣這麼狂傲，心想：「在舅舅家學了這麼久的武功，不知道自己的程度怎麼樣？不如趁這機會試一試。」便縱身跳上臺，拱手朗聲說：「濠州朱元璋，今天就與你比試比試。」

「好，小夥子年紀輕輕，膽量倒是不小。放手來吧！」陳也先看朱元璋二十多歲年紀，又是生意人打扮，想來武功普通而已，立刻起了輕視之心。直到朱元璋連著幾招猛烈攻勢都差點擊中他的要害，他才意識到朱元璋是名不能小看的勁敵。

兩人你來我往，攻勢不斷，各自使出幾路拳法。陳也先見朱元璋身形較小，趁他閃避低身的時候，知道機不可失，便縱身一跳，站立在朱元璋的肩膀上，大聲喊：「小子，這叫做『金雞獨立』，你認不認輸？」臺下響起眾人一片喝采聲。

朱元璋不甘示弱，趁陳也先沒留意，將肩膀一縮，捉住他的腳，用力一扯，讓陳也先整個人在空中旋轉了兩三圈後，鬆開雙手，大喝一聲：「去吧！」陳也先竟橫飛出去，「砰」的一聲，摔落在臺下。朱元璋笑說：「這個叫做『大鵬攬海』，你認不認輸？」臺下觀眾笑聲如雷。

陳也先只覺得眼前金星亂迸，聽到朱元璋的話，臉上一陣青一陣紅，羞愧難忍，趕緊雙手撐地坐起身來，大聲呼喊：「來人啊，把這個臭小子給我綁起來！」話剛說完，數百名官兵已將朱元璋等人團團圍住。

朱元璋見到這個情況，也不慌張，只是冷冷的對陳也先說：「哼！原來沒有人敢上臺比武的原因，是打贏你的人都被捉去關起來了！」湯和見對方人數眾多，情勢不利，低聲對吳禎說：「你跟郭英護著朱公子先走，這裡交給我們。」

鄧愈舞著長槍擋住左方官兵，湯和手握板斧守在右邊，吳禎及郭英乘機護著朱元璋往城外逃去。這群官兵原先就是烏合之眾，見朱元璋等人武功高強，心知敵不過，所以只是裝模作樣要捉拿他們，沒多久鄧愈和湯和便輕鬆突圍離去。五人會合之後，決定先到

滁州，再作打算。

過了幾個月，回到滁州的朱元璋發現舅舅郭光卿變得顯赫起來，不僅家門口多了士兵守衛，還有許多將士在家裡進出，全聽郭光卿的命令行動。原來郭光卿投靠大宋，利用劉福通給的一萬兵馬，成功的奪下濠州，這時剛好回滁州招募人馬。見到了郭光卿，朱元璋將湯和等人如何歸附的事情一一說明，並勸郭光卿離開大宋，自立為王。郭光卿決定聽從朱元璋的建議，自稱為滁陽王，並設「招賢館」招募天下豪傑。

劉福通得知消息後，派人來問：「為什麼背叛大宋，自立為王？」

朱元璋回答：「如今天下大亂，群雄並起，各自發展，並不會互相妨礙。有本事的人便能成就一番事業，又何必過問這些事情呢？但滁陽王並非忘恩負義之人，以後你們如果有難，我們一定會發兵相救，以感謝過去助兵的恩惠。」這話說得理直氣壯，加上郭光卿得到朱元璋輔佐之後，聲勢逐漸壯大，劉福通不敢輕舉

大明英烈傳

妄動，只好不再追究。

　　郭光卿自立為滁陽王後，封朱元璋為神策上將軍，並將養女馬小姐嫁給他，由他負責招賢館的事務。朱元璋廣發招賢令，很多想要有一番作為的英雄豪傑，都陸續匯集到招賢館。

　　有位名叫丁德興的好漢告訴朱元璋：「我家鄉定遠有三位賢士名人，一位喚作李善長，另外兩位是馮國用與馮勝兩兄弟。據說李善長的母親懷孕時，曾夢到一位穿著紅袍的神仙對她說：『不久真龍天子將出世，我讓左輔星君投胎在妳的腹中，將來妳兒子會成為輔佐皇帝最重要的文臣。』李善長從小就非常聰明，長大後更是足智多謀，相信能為朱將軍運籌帷幄，決勝千里。而馮氏兄弟藝高膽大，是不可多得的勇將。您若有意願，我可以代朱將軍去聘請這三位賢士前來。」

　　朱元璋聽完，喜出望外的說：「這真是太好了，久聞三位賢士大名，正愁沒有門路可以與他們聯繫。那麼就麻煩您走一趟，將他們都請來。」朱元璋深知「人才」的重要性，因此每當他知道哪裡有賢士或名將，便趕緊派人去邀請，漸漸的，他禮賢下士的名聲便傳播開來。

　　丁德興不負所託，將李善長、馮國用與馮勝兄弟

都請到了招賢館。朱元璋歡喜的與三人會面，共同討論天下局勢。李善長字字珠璣，言語中充滿真知灼見，將天下大勢剖析得頭頭是道。至於馮氏兄弟武藝高強，兩人與朱元璋過招，招招高妙，讓朱元璋大為讚賞。而朱元璋謙卑恭敬的態度，也深得三人感佩。當晚，朱元璋命人擺設宴席招待三人，席間，朱元璋問：「現在我軍還缺一名可以統領軍隊的大將，不知道什麼樣的人適合呢？」

李善長回答：「以前漢高祖問蕭何：『誰可以擔任大將？』蕭何回答：『擔任大將的人，需具備仁、智、信、勇、嚴此五項特質，缺一不可。』漢高祖於是招募天下豪傑，才得韓信。今天朱將軍想要找大將，我覺得當今世上只有一個人符合這五項特質，也才能夠擔任這個重責大任。」

朱元璋好奇的問：「是誰呢？」

「鳳陽的徐達！」李善長說：「徐達年紀雖輕，但精通用兵的方法，劉福通、張士誠等霸主常常派人請徐達相助，但他覺得這些人只是一方土霸，不是真正為天下百姓謀福利，所以都拒絕了。」

「那可以請李先生代我去請徐達來嗎？」朱元璋詢問李善長。

李善長搖搖頭說：「不可！以前商朝的成湯多次聘請伊尹，伊尹才同意輔佐；三國時的劉備三顧茅廬才請出諸葛亮。成湯及劉備都是以尊重賢能者的態度才得到賢臣的輔佐。朱將軍如果想要請出徐達，應該要親自去才有誠意啊！」朱元璋受教的點點頭，決定親自出馬去請徐達。

　　朱元璋與李善長出發數日後，抵達了徐達家，才到門口，便聽到門內傳來雄渾的歌聲：「萬丈英雄氣，懷抱凌霄志。揮戈定太平，仗劍施忠義。……傷哉時不通，未遇真明主。」

　　朱元璋心想：「聽這聲音與歌詞，就知道徐達胸懷大志，是位英雄。」

　　李善長往前叩門，只見一位目光如炬、氣宇軒昂的青衫男子前來應門，開口詢問：「我是徐達，不知道二位有什麼指教？」李善長連忙表明兩人身分，並說明來訪的原因。朱元璋暗自觀察徐達儀表，溫良軒朗，謹慎姿態中又顯奇偉，立刻對徐達心生好感。

　　徐達暗自思考：「今日朱元璋親自前來，就可以明白他禮賢下士之心。聽說朱元璋具有才德，十分英明，就不知這傳言真實度有

幾分？」徐達想要考考朱元璋，便故意說：「想要解救百姓，需要打敗群雄，統一天下。眼前元朝的勢力還在，有能力的人各自稱霸，目前滁陽王只有濠州這個小小的地方，想要完成統一天下的霸業，恕我直言，恐怕是很難！」

朱元璋聽了，不僅不生氣，反而哈哈大笑：「以前周武王有了姜子牙的輔佐，才能滅紂；漢高祖也因為有韓信相助，才能打敗西楚霸王。如果能請到你這樣的好漢仗義除奸，用有德者為民謀福利，那麼統一天下，拯救百姓，又有什麼困難呢？」

朱元璋這段話點明了完成霸業的三個要素：賢臣、良將與明主，這與徐達的想法不謀而合。徐達見朱元璋所思所念都是天下百姓，心中十分佩服，當下心悅誠服的彎身行禮，並說：「公子所說的對極了！自古以來，得天下的關鍵都是上位者是否能以仁德為念，為百姓謀福利。徐達承蒙公子賞識，願意與您一起打拚，給天下百姓安定的生活。」

隔天，徐達辭別母親，隨朱元璋及李善長返回招賢館。

朱元璋深謀遠慮、用人唯才，又具有領袖氣質，

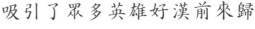

吸引了眾多英雄好漢前來歸附。軍師有<u>李善長</u>，武將有<u>徐達</u>、<u>常遇春</u>、<u>馮家兄弟</u>、<u>鄧愈</u>、<u>湯和</u>等人，勢力越來越強，一連打了好幾場大勝仗，成功的拿下<u>滁</u>、<u>泗</u>兩州。此時，卻傳來<u>朱元璋</u>的舅舅<u>滁陽王</u>突然病逝的消息，在<u>朱元璋</u>堅持下，眾人擁立<u>滁陽王</u>之子為<u>和陽王</u>。<u>和陽王</u>與<u>朱元璋</u>雖然是表兄弟，卻從小就嫉妒<u>朱元璋</u>，但他衡量手下的軍師與勇將，都是<u>朱元璋</u>招募而來的人馬，迫於情勢，他不能與<u>朱元璋</u>撕破臉，只好封<u>朱元璋</u>為大元帥，<u>徐達</u>為副元帥，暫時先攏絡<u>朱元璋</u>等人再靜觀其變。

第六回 危險囉！受困巢湖

距離滁、泗兩州不遠的地方，有一座湖泊——巢湖，占據此地的俞廷玉，有三個力大無窮的兒子，分別是俞通海、俞通源、俞通淵。人如其名，俞通海、俞通源、俞通淵從小就熟識水性，不僅可以在水中張目視物，還有能潛伏水中八、九天的好本領。

此時，俞廷玉等人被元軍圍困在巢湖，他觀察天下情勢，心想：「目前局勢紛亂，而我軍被元軍所困，與其坐以待斃，不如投靠一位有德的人，一來解除眼前危急的情況，二來也好為未來的日子打算。」

俞廷玉與部屬商議：「我們被元軍包圍很多天了，這樣下去也不是辦法。我決定投靠其他人，這樣既能解決目前的困境，又可以為將來做準備。因此想問問大家的意見，你們覺得當今之世，有哪一位英雄可以投靠呢？」

大將廖永忠不加思索的說：「當然是陳友諒。他擁有江南地方最強的兵力，一定可以把包圍我們的元軍

打敗。」

「嗯……陳友諒精明善戰，野心十足，的確是個人選。但是，他氣量狹小，驕傲自滿，還殺了主子徐壽輝，自立為王，我看他是容不下我們的。」俞廷玉搖搖頭，否決了廖永忠的提議。

「張士誠怎麼樣？俗話說：『有錢好辦事！』他是群雄中最富有的，應該是個不錯的人選吧？」

「哎喲！越說越糟。」俞廷玉皺眉，不贊同的說：「張士誠貪財好色，一下反元，一下又投靠元朝，性情反覆又見錢眼開，哪裡算得上是英雄人物？」

目前江淮最有勢力的兩名豪傑，都被俞廷玉一口否決。正當眾人絞盡腦汁，思考還有誰適合投靠時，一旁的俞通淵出聲詢問：「那……大家覺得朱元璋可以嗎？」

俞廷玉口中喃喃念著：「朱元璋……朱元璋……」他站起身，反覆踱著步子思考。俞通海見俞廷玉沒有立即反對，知道他已同意三分，便分析：「朱元璋目前勢力雖然不大，但他以仁德聞名，而且手下很多謀臣勇將，過不了多久，一定是為王稱帝的人物。」

「沒錯，大哥說得對！」俞通源也加入勸說的行列：「據我所知，現在朱元璋沒有水軍，如果我們去投

靠他，一定會受到重用。」

　　俞廷玉看三個兒子都贊成投靠朱元璋，其他部屬互相討論後，也都點頭同意，他略加思索後，便大聲宣布：「好！那我們就投靠朱元璋。」俞廷玉立刻寫了一封信，派人向朱元璋求救。

　　和陽的朱軍陣營中，朱元璋正在與將領們開會，他語重心長的說：「我們雖然打下滁、泗兩州，但這個地方群雄環伺，虎視眈眈，實在不適合長久經營。想問問大家覺得下一步該怎麼走？」

　　馮國用摸摸鬍鬚，回答：「元帥的考量很有道理，我建議下一步進攻金陵。金陵自古以來就是帝王之都，地勢險要，易守難攻，非常適合作為根據地。」

　　「正合我意，我也是這麼認為。」馮國用的分析與自己不謀而合，朱元璋連忙點頭贊成。不過，他接著點出困難處：「要取金陵一定要渡過長江，但我們沒有船艦與水軍，而且金錢、糧食也不足，不知道大家有沒有解決的方法呢？」就在眾人議論紛紛時，傳令兵忽然捧著一封信前來報告：「巢湖的俞廷玉派人攜帶親筆書信一封，求見元帥。」

　　「怪了，我們與俞廷玉沒有什麼交情，他突然來

信，不知道發生什麼事了？」朱元璋有些疑惑，連忙將信拆開，讀了幾行之後，不禁面露喜色，眉開眼笑的說：「哈哈哈……真是天助我軍！俞廷玉被元朝將領左君弼困在巢湖，所以來信請求救援，還說只要獲救，他將率領水軍萬餘人與船艦千艘歸順我軍。」

「太好了！早就聽說俞廷玉的水軍驍勇善戰，三個兒子更堪稱水中蛟龍。如今俞家父子前來求助，我軍若發兵救援，他們一定會萬分感激，盡心效忠元帥。有了他們的水軍，拿下金陵一定沒問題。」李善長分析著情況，眾人聽了這番話，對攻取金陵更有把握了。

過了幾天，朱元璋、徐達與胡大海領兵四萬，前往巢湖營救俞軍。說也奇怪，元軍一對上朱元璋的軍隊，還沒分出勝負，元軍就退兵逃跑了，讓朱元璋順利的解除俞軍被困之危。

俞廷玉等人開心的迎接朱元璋入寨，感謝他率兵相救，並討論起投靠朱軍的相關事宜。期間，朱軍便暫時駐紮在巢湖。不料三天後，傳令兵緊急來報：「元

將左君弼聯結趙普勝與蠻子海牙來襲，截住了桐城閘、黃墩閘與牛渚渡江口，三方人馬將我們團團圍住了。」

朱元璋連忙登樓觀看，水面上布滿著元軍的船隻，前方一片黑壓壓的，舳艫千里，旌旗蔽天。朱元璋暗自叫苦：「不妙！中了左君弼的調虎離山之計。元軍不打就逃，原來是要引誘我軍進入巢湖，來個三面夾攻。」

正當朱元璋為情況危急而憂慮時，一旁的胡大海豪氣萬千的大聲說：「這有什麼好擔心的？請元帥讓我當先鋒，憑我這把斧頭，一斧一個兵，元帥和其他人壓陣，就不信殺不出一條血路！」

朱元璋搖手說：「不行，元軍人數眾多，就算你我單槍匹馬可以衝出重圍，但士兵可不一定出得去，他們是無辜的，怎麼可以讓他們死在這裡？再想想其他的辦法吧！」一旁的俞家父子聽到這番話，心中都十分慶幸：「投靠朱元璋果然沒錯，他的確是位愛民惜兵的人。」

這時，冷靜的徐達仔細觀察元軍布局後，開口建議：「我認為必須要有一人從水中繞過元軍，到和陽求救，裡應外合之下，我們才能一舉突破重圍。」

熟識水性的俞通淵一聽，拍拍胸口，自信的說：

大明英烈傳

「這沒問題！水中的事就交給我，我一定會把救兵帶來的。」

定出計策後，朱元璋連忙寫了封信，交給俞通淵前往和陽求援。俞通淵在水中走了三天三夜，才繞過元軍上岸，抵達和陽後，將求救信交給李善長。李善長知道情況緊急，立刻派遣鄧愈擔任正元帥，湯和為副元帥，領兵到巢湖援救朱元璋。

朱軍首戰遇到的是守在牛渚渡江口的元將蠻子海牙。

二軍對陣，朱軍派出黑鐵扇臉、身著黑衣、騎著黑馬、勇猛果敢的常遇春。常遇春策馬向前，拍著胸膛，朝元軍大喝：「我常遇春今天就讓你們這些蠻子見識一下我的厲害。」

「哼！真是不知天高地厚的黑面鬼，讓本將軍好好教訓你一下。」蠻子海牙冷冷的嘲笑他，並派了一位善戰的將領迎戰。

常遇春揮舞著六十多斤的大刀衝向敵人，黑馬彷彿

熟知主人的攻勢，搭配著大刀的揮出與收回而進退有序。元將手忙腳亂的接下攻勢，卻沒有反擊的機會，轉眼間就被大刀刺中，落馬身亡。一開始蠻子海牙覺得常遇春只是一時運氣，沒想到連續派出二十名將領，都在三五招之內就敗下陣來。幾場對戰下來，常遇春臉不紅氣不喘，蠻子海牙的臉色卻是越來越難看，他心知常遇春的厲害，不禁萌生怯意。而朱軍見常遇春如此勇猛，士氣倍增，歡聲雷動。

這時，鄧愈趁蠻子海牙猶豫不決時，揮兵向前，大舉進攻，元軍一時反應不及，節節敗退。最後，蠻子海牙棄械而逃，朱軍成功的占領了牛渚渡江口。

鄧愈鳴金收兵，當將士們都去整理元軍撤退時丟棄的武器、糧草與車馬時，只有湯和命令手下砍下沿岸的蘆草，用繩索捆成一束一束的。常遇春看了，不禁疑惑的問：「湯和，你要這些蘆草做什麼？」

湯和微微一笑，神祕兮兮的回答：「晚上一片漆黑，蘆草可用來照明啊。」

首戰奪得勝利後，朱軍朝著黃墩閘繼續前進。

把守黃墩閘的元將趙普勝收到蠻子海牙大敗的消息，氣得怒火中燒，大罵：「沒用的蠻子海牙！」隨即

下令：「來人啊，準備應戰。讓我們好好教訓一下鄧愈與常遇春這兩個小子。」

這晚，月亮高掛天空，好像準備睜大眼睛瞧著這場對決。趙普勝出動了五百多艘高大的戰船，一字排開在黃墩閘的湖面上，遠遠望去就像是一面密不透風的牆。元軍位在上游，順著風勢，「嗖嗖嗖」的射出羽箭，箭勢有如傾盆大雨般，沒有間斷的朝朱軍射去。朱軍的船身很小，又沒有遮蔽物，一時之間無法靠近元軍，只能在原處打轉以閃躲利箭。趙普勝看到這種情景，樂得哈哈大笑。

正當鄧愈苦思解決方法時，湯和帶領著數十艘船到朱軍前方，每艘船前方都立著一大面的牛皮，敵方的箭雖然來得快又密，但都被牛皮擋了下來，無法傷人。

此時，風向突然變成西北風，朱軍由逆風轉為順風，湯和高興的大叫：「終於等到風向變了，真是天助我軍。」湯和趕緊命令下屬把收集的蘆草放在水中，再將點火的箭射向蘆草，起火的蘆草被風一吹，便往元軍方向流去。元軍因船身較大，不容易移動，加上船體大多是木造的易燃物，很快就被火勢包圍，劈哩啪啦的燃燒起來。火趁風威，風助火勢，一下子元軍

大明英烈傳

的船都被大火波及，過沒多久，上百艘的戰船已有半數被燒個精光。同時，朱軍趁機攻擊元軍，元軍又要救火又要抗敵，手忙腳亂，根本敵不過朱軍。趙普勝見大勢已去，只得趕緊搭小船逃走。

戰後，鄧愈清點戰利品，發現總共獲得戰船七百多艘與數不盡的刀械。他開心的說：「今天能夠獲勝，都是湯和的功勞！」

湯和臉一紅，連忙搖手說：「我不敢居功，這都是元帥領導得好以及各位將士奮勇殺敵的成果。」

大家見湯和並不居功，把功勞歸給眾人，對湯和更加佩服。

「湯老弟，你很會耍神祕喔！」常遇春忍不住抱怨：「之前你只說蘆草是用來照明，結果竟然還有這樣的功用！」

「遇春兄，請不要見怪。」湯和握拳一拜，不好意思的說：「其實我也只是預備著，還得要老天爺幫忙吹起西北風，這火燒船的計策才能派上用場啊。」眾

人聽了這話，不禁相視而笑。

最後，鄧愈環視眾人，喝令全軍：「兵貴神速，讓我們趁勝追擊，順江而下，好好修理左君弼吧！」

另一邊，受困在巢湖水寨的朱元璋收到探子報告：「元帥，鄧愈將軍大勝！已經連破蠻子海牙與趙普勝兩軍，援兵就快到桐城閘了。」

朱元璋欣喜萬分，與徐達登樓察看，果然看見西北方有一大隊戰船直駛而來，大大「朱」字的黃色旌旗隨風飄揚。朱元璋大笑兩聲，立刻下令：「來人啊，我們從裡面殺出去，跟鄧愈會合。」

徐達、胡大海與俞廷玉等人領命，出寨應戰。

左君弼怎麼也沒想到，原本十拿九穩的戰局，轉眼間情勢大變，不禁怒罵：「蠻子海牙跟趙普勝這兩個人真是成事不足，敗事有餘。原本我算準了這個『甕中捉鱉』的計策萬無一失，一定能抓住朱元璋這小子，結果你們兩個一輸，害我落得被內外夾攻的下場，可惡……太可惡了！」

左君弼估算敵我人數後，心知沒有勝算，竟然下令先鋒戰艦

應戰，自己卻帶著心腹人馬逃走。元軍在主帥逃跑、無人指揮及兵力懸殊的情況下，當然打不過朱軍，沒多久便紛紛投降。

朱元璋笑著對徐達說：「這招裡應外合的計策，果然成功了！」

二軍會合後，朱元璋除了慰勞鄧愈、湯和等遠征將士的辛勞，還介紹俞家水軍給大家認識。這下子朱元璋打退元軍，不僅建立了聲威，又有俞家船艦與訓練精良的水軍加入，就像添了雙翼的猛虎，正迫不及待的要開創歷史。

第七回　仁德收服叛將之子

　　解除巢湖之危後，朱元璋率領其他人朝著金陵進攻，只留下少數將領紮營操練。有了俞廷玉水軍的幫助，朱軍勢力大盛，順著長江攻下采石磯、太平城等地，一路勢如破竹。

　　一日，朱元璋與眾將士正在商討如何進攻金陵，探子卻突然來報：「元帥，元將陳也先帶著十萬人軍隊，正從水陸兩路往太平城而來。」

　　原來陳也先在擂臺上敗給朱元璋後，便一直懷恨在心，他向元順帝討得十萬大軍，準備與朱元璋一決生死。

　　朱元璋接到消息，看著太平城周圍的地勢圖，思索一會兒後，下令：「常遇春、湯和，你們二人領兵攻他水軍，斷他後路。鄧愈，你負責對付陸軍，讓陳也先見識一下你的武藝吧！」

　　太平城外，兩軍對峙，雙方士兵手上的刀劍被陽光照得白晃晃的，反射出刺眼的光芒。陳也先瞇著眼

睛掃了朱軍一遍，沒見到朱元璋，只見到一名身材高大的人領兵，陳也先嘲諷的說：「呵呵呵……只有你們這些小將出戰，難道朱元璋嚇到不敢出來了嗎？」

鄧愈一聽大怒，冷笑回答：「殺雞焉用牛刀？由我鄧愈對付你就綽綽有餘了，看招！」話一說完，他揮起長槍，朝著陳也先刺去，雙方士兵也展開廝殺。刀光劍影中，陳也先與鄧愈你來我往，互不相讓，但鄧愈槍法精湛，兩人過招數十回合後，陳也先漸漸力不從心，眼見長槍就要刺到身上，他急忙閃身，轉身就逃。

此時，常遇春與湯和已經攻破陳也先的水軍，領著軍隊繞到敵軍後方，攔住陳也先的去路。陳也先見前後都被朱軍包圍，轉眼間十萬大軍被殺得七零八落，竟只剩下數百人，為了保全性命，他只得咬牙投降。鄧愈鳴金收兵，將陳也先細綁起來，等待朱元璋發落。

陳也先一見到朱元璋，趕緊下跪求饒，大喊：「朱元帥，草民誠心投降，請饒我一命！」

站在朱元璋身旁的馮國用，附耳對朱元璋低聲說：「我看陳也先獐頭鼠目，一臉不義的樣子。這種人留在我軍裡，後患無窮。末將認為，應該將他斬首示眾才是最好的辦法。」朱元璋沒有答話，心想：「斬投降

的將領不符合仁義，只怕殺了<u>陳也先</u>，以後便沒有人敢來投降……」

<u>朱元璋</u>直視著跪在地上的<u>陳也先</u>，問：「你是真心投降嗎？」

<u>陳也先</u>抬頭大聲說：「我願歃血為盟，以示忠誠。」於是<u>朱元璋</u>授予<u>陳也先</u>千戶的職位，並宰殺牛馬，與他歃血盟誓。

<u>陳也先</u>發誓：「如果違背您的再造之恩，我願受千刀萬剮，不得好死。」為了表示信任，<u>朱元璋</u>依舊讓<u>陳也先</u>統領以前的部眾，並一視同仁的對待他與其他諸將。

這天，<u>朱元璋</u>命令<u>徐達</u>為元帥，率領眾將攻打<u>溧陽</u>。<u>陳也先</u>見<u>朱元璋</u>身邊的許多大將都不在營中，認為機不可失，便換上黑衣、蒙了面，帶了把利刃，趁著深夜偷偷潛入<u>朱元璋</u>營帳。此時<u>朱元璋</u>還沒入睡，只是臥坐在床上閉目養神，察覺有人入帳，連忙跳起，抄起長劍閃身躲在暗處。

<u>陳也先</u>悄悄走近床前，舉刀用力刺向被褥，卻發現床上沒人，內心一驚，接著他忽然感覺到耳旁生風，

一個聲音在他腦後大喝：「你是誰？」陳也先急忙轉身，朱元璋已來到他的背後，挺劍猛攻。

陳也先見朱元璋劍勢凌厲，只能狼狽接招。兩方兵器相交，發出響亮的「喀噹」數聲，在一片靜寂無聲的夜裡格外清晰，驚動了營帳外的護衛及巡視的鄧愈。陳也先見事跡敗露，不敢戀戰，趕緊從營帳後方逃走。等鄧愈趕到時，早就不見刺客蹤影。

「主公，您還好嗎？」擔心朱元璋受傷，鄧愈急忙詢問。

所幸朱元璋毫髮無傷，他看著一臉憂心的鄧愈苦笑說：「瞧那黑衣人的身形，應該是陳也先沒錯！沒想到，我們都已經歃血為盟，他還是背信……」

鄧愈一聽刺客是陳也先，不禁怒火中燒，大罵：「這陳也先果然不懷好意，毫無仁義可言！我一定要讓他知道背信忘義的下場。」

陳也先逃走後，與兒子陳兆先會合，又率領元軍攻打朱軍。鄧愈見到陳也先，氣憤的罵：「你這個不忠不義的人，主公與你歃血為盟，對你不薄，你竟然言而無信，現在還有臉來戰！」

陳也先臉上一陣青一陣紅，不禁惱羞成怒的大吼

大明英烈傳

一聲：「廢話少說，看招！」隨即縱馬舉劍，「唰唰唰」的向鄧愈刺來。鄧愈靈巧的側身閃過，也揮刀砍向陳也先，兩人攪作一塊，一來一往，不分上下，鄧愈心想：「這樣糾纏下去不是辦法，不如我先露個破綻，讓他奮力追上，再臨機應變！」

　　果然不出鄧愈所料，陳也先見他露出空隙，立刻一劍刺來，鄧愈假裝中劍，身形一晃，便策馬往北而走。陳也先認為機不可失，大喊：「想逃？沒那麼容易！」便縱馬直追鄧愈而去。

　　沒想到追趕不到三里，鄧愈突然勒馬回轉，大刀往陳也先砍去。陳也先沒有料到鄧愈會突然攻擊他，趕緊側身要躲，卻不小心摔下馬來，一腳還被馬蹬纏住，整個人被橫拖倒地。鄧愈迎上前，舉刀刺中陳也先的心臟，陳也先當場斃命，其餘朱軍士兵也上前一陣亂砍。陳也先違反誓言，最後應驗了自己的毒誓，落得千刀萬剮的下場。而陳兆先見大勢已去，只能投降。

　　鄧愈帶領陳兆先到朱元璋跟前。陳兆先朝朱元璋跪拜，只說：「我是叛將陳也先之子陳兆先，願以死謝罪。我只求您饒過其他士兵性命！」

　　湯和見陳兆先雖然年紀輕，卻願意犧牲自己的生

大明英烈傳

命以拯救眾人，知道他是一條漢子，不禁心生憐惜，便為陳兆先說情：「希望主公不要記恨他父親叛變之罪，以安撫歸降部眾不安的心。」

「當然該這麼做。俗話說：『罪不及子女。』父母的過錯與孩子無關。今天陳兆先既然有誠心投降，我怎麼會計較這些！」朱元璋扶起陳兆先，對他說：「大丈夫做事，應該拋棄小愛小恨，一切以人民的幸福為最大考量。」朱元璋說這話的用意，是告訴陳兆先：他不計較陳也先先投降又背叛的罪，要陳兆先也不要掛念著殺父之仇，這樣才能一起完成平定天下的偉大事業。

朱元璋任命陳兆先為千軍長，讓他統領舊部眾。隔天，朱元璋撤掉原本護衛自己營帳的士兵，命令陳兆先負責護衛，這等於將自己的安危交到陳兆先手中，也是對陳兆先最大的信任以及考驗。

陳兆先果然沒有令朱元璋失望，他克盡職守，整夜未眠，站得直挺挺的盡心守衛。「父叛子降」這件事漸漸傳開，人人都佩服朱元璋的心胸寬大，以仁德的態度收服了叛將之子。

過了不久，徐達也順利攻取溧陽等地，凱旋而回。大軍全員會合，全力朝著金陵進攻。

第八回　取金陵、聘賢臣

　　這天，朱軍終於來到金陵城，大軍在城外紮營。

　　金陵從漢朝以來便時常成為帝王之都，可說是兵家必爭之地，這時由元朝地方官福壽與武將曹良臣共同守衛。二人得知朱元璋率兵來攻，曹良臣對福壽說：「兵法說：『軍行百里，不戰自疲。』朱元璋大軍長途跋涉，必定疲累得不得了，我們先不與他們正面交鋒，趁他們夜裡鬆懈時去偷襲，一定可以大獲全勝！」

　　福壽點頭贊同：「將軍說的有道理，今晚我們就依計行事。」

　　朱軍的主帥營帳中，朱元璋坐在主位，徐達站在一旁，前方桌上放著金陵城的守備圖。朱元璋面色凝重，沉思了幾秒後說：「元軍不肯出城應戰，應該是想趁今晚來突襲，我軍要多加防備。」

　　徐達也是相同的想法，他進一步建議：「我們可以命令各軍在遠處埋伏，只留一個空營，等敵人一到，放砲作為信號，將敵人團團圍住，如此一來，任他們

插翅也難飛。」

當晚，曹良臣趁著月黑風高，率領二萬士兵出城，一口氣殺入朱軍陣營。想不到營地裡雖然插著「朱」字的黃色旌旗，卻沒有任何士兵，只是座空營。曹良臣臉色一變，暗叫：「糟糕，中計了！」

突然四面傳來「碰碰碰」的轟雷砲聲及「咚隆咚隆」的戰鼓聲，埋伏的朱軍同時現身，一下子，曹良臣等人已經被朱軍團團圍住。

「劫寨的將士們聽著，」徐達渾厚的聲音傳遍整個營區，在深夜裡格外清晰，「朱元帥已經率領二十餘萬精兵將你們包圍。如果想要硬闖離去，只是徒增傷亡。聰明的，就放下武器投降。朱元帥心胸寬大，絕對不為難投降的人。」徐達深知在戰術運用中，對付敵人「攻心為上」，所以他先向元

軍喊話，放出投降就可保命的誘餌，要引誘元軍不戰自降。

果然不出徐達所料，這番話在元軍中引起一陣騷動。

「我不想死……」

「我家中還有父母妻兒啊……」

曹良臣正在猶豫，心腹出聲勸說：「先前蠻子海牙出動戰船及二十萬士兵，依然被朱軍擊垮。依照現在的情況看來，我們沒有一點勝算。希望曹將軍為大夥兒開一條生路……為了這二萬人的性命，投降吧。」

曹良臣衡量情勢後，終於下了決定，他對朱軍說：「我早就聽說朱元帥英勇仁武，眾人都稱他為聖主。希望能夠求見元帥一面，如果元帥真的像傳言所說，有聖主風範的話，我便立刻投降。」

朱元璋一聽，趨馬至陣前，脫下頭盔，傲然直視曹良臣。曹良臣見朱元璋身材十分魁偉，龍眉鳳眼、方額挺鼻，眼神儀態都極有威勢，心裡暗暗喝采：「好一位英雄人物，果然有帝王之相！」便說：「元順帝寵幸奸臣，荒淫誤國。大丈夫生於天地之間，本來就該選擇明主效忠！」說罷，他丟下手中長矛，率眾投降。

金陵城中的福壽見曹良臣投降，依舊不願向朱元

大明英烈傳

璋屈服，親自率領士兵死守金陵城。徐達命令常遇春架起雲梯急攻，馮國用領兵協助。

常遇春挺槍先登上城牆，朱軍趁機衝入。福壽知道大勢已去，哭喊：「我身為國家重臣，城存人存，城亡人亡。」向北拜了四拜，拔劍自盡。

朱元璋進城後，馬上發布命令：「我率軍為民除害，嚴禁將士們騷擾百姓，違令者軍法嚴懲。元臣福壽死得忠義，將以禮厚葬，並優恤其家人。」

金陵城的百姓原本擔心朱軍會大肆掠奪，恐怕保不住性命與家產，聽到這道命令後都鬆了一口氣，對朱元璋稱讚不已：「朱元帥真是體恤百姓啊！」

「他還下令厚葬福壽大人，果然跟大家說的一樣，既愛民又有仁義！」

同時，朱元璋也派人迎接和陽王前來，並接受冊封成為吳國公。朱元璋治理金陵，寬大為懷，廣施仁惠，同時推廣農耕、興建學校，深得百姓的擁戴。

一日，朱元璋問曹良臣：「你長久以來都駐守在金

陵，必定清楚哪裡有賢士或名將，希望你能介紹給我。」

「我不知道有什麼名將，但倒是知道有兩位賢士。一位是宋濂，學富五車，文章無人能比，具有作為卿相的才能；另一位則是人稱『張良再世，神機妙算』的劉伯溫，是位舉世無雙的奇士，您何不去請他們兩位前來，共同商議天下大事？」

一旁的孫炎出聲附和：「據我所知，宋濂與劉伯溫是好友。宋濂目前住在金華，劉伯溫則耕讀在處州的青田縣，兩人常常攜美酒一同出遊，遊山玩水。」

朱元璋喜出望外，說：「太好了，這樣的人才當然不能錯過。既然孫炎你知道這兩位的住處，那就請你代我去請他們前來金陵，共商大計。」

孫炎領命，隨後便輕裝出發，尋訪宋濂與劉伯溫。

第九回 劉伯溫的山洞奇遇

　　孫炎來到金華探訪宋濂。只見宋濂家大門緊閉，門上貼著一張紙，寫著：「若有知己來尋，請到台州平安鄉相會。」

　　孫炎一看，不禁哈哈大笑：「宋濂真是豪爽，連留言都這麼簡潔明快。」隨即向台州平安鄉而去。

　　不到一日，孫炎已經來到平安鄉。他遠遠望見三個身穿文士服、頭戴東坡帽的人，眉目之間流露出讀書人高雅的風範，其中一人年約五十歲，更是散發著溫煦脫俗的氣息。孫炎心想：「這三人舉止不凡，不像村夫俗子，或許之中有宋濂也說不定。」他便向前行禮，開口詢問那位高雅脫俗的文士：「您莫非就是宋濂先生？」

　　果然，那位文士拱手回答：「老夫就是宋濂，不知道您是哪位？」

　　「在下姓孫名炎，效命於朱元璋元帥帳下。朱元帥景仰宋先生才能，因此命令在下前來相迎，共商天

下大事。也請宋先生多多推薦傑出人才，齊心替天下百姓謀求福祉。」

宋濂揚起嘴角，笑說：「沒想到朱元璋才攻下金陵不久，便派人來相邀，果真是禮賢下士，求才若渴。」他向孫炎介紹了身旁的章溢和葉琛，並繼續說：「我的好友劉伯溫觀測天象時曾說：『金陵有天子氣。』我與章溢、葉琛正要去邀請劉伯溫一起去金陵瞧瞧，正巧你就來了。」

孫炎聽見劉伯溫的名字，不禁大喜過望，忙說：「太巧了，這真是天意。朱元帥這次命我前來邀請兩位賢人高士，一位是宋先生，另外一位便是劉伯溫先生。」

「哈哈哈……來得早，不如來得巧。為了節省時間，就請章溢與葉琛兩位先到金陵等候，我與孫炎去找劉伯溫，隨後大夥兒在金陵會合。」說罷，便分道揚鑣。

前往青田縣的一路上，宋濂說了件劉伯溫經歷過的奇事。

劉基，字伯溫，自幼聰穎，才高八斗，年紀輕輕就考上進士做官。因為看不慣元朝的腐敗，不久便辭

官回鄉，在青田縣的紅羅山下耕讀而居。有一天他坐在山壁旁看書，突然傳來一陣巨響，轉頭一看，山壁竟然開了個洞。劉伯溫心中好奇，便大步跨入山洞裡準備一探究竟。

　　洞中一片昏黑，什麼也瞧不見，劉伯溫心中暗自數著步伐，摸索山壁前行。大約一百步之後，終於見到隱約的亮光，劉伯溫加快腳步，彎過山壁後，突然大放光明，眼前出現一間石室。

　　石室四面都是山壁，上方是一片青天白雲，陽光從樹葉的縫隙間灑下，為石室提供了照明。劉伯溫見到石室的正中央有一塊大石頭，上面寫著七個大字——「此石為劉基所破」。

　　「奇怪，我的名字怎麼會在石頭上？難不成這是老天爺的旨意？」劉伯溫隨手撿了個石子丟向大石頭，沒想到石頭竟然就這樣裂開，出現了四本疊在一起的書，最上面貼著一張紙條。劉伯溫好奇的拿起紙條，上頭寫著：「贈劉基兵書四卷，輔佐明主以匡正天下。」

　　劉伯溫不敢置信的揉了揉眼，再看一次紙條，依舊是白紙黑字寫著「贈劉基兵書……」，劉伯溫又驚又喜，連忙捧著兵書下跪道謝：「謝謝老天爺賜書，我一

定會好好研讀，輔佐良主，解救萬民脫離苦難。」

　　劉伯溫從此專心研讀兵書，逐漸通曉用兵治國的方法。從此之後，暑往寒來，春秋瞬息，已過了十年光陰。那些乘勢而起的張士誠、陳友諒、劉福通等人聽說了他的才華，都想以重金聘請他，然而劉伯溫知道他們都不具有成為帝王的資質，因此都極力婉拒。

　　孫炎聽完後，嘖嘖稱奇，對劉伯溫更是心生景仰，不禁加快腳步想要趕快見見這位奇人。

　　數日後，孫炎與宋濂抵達劉伯溫的住處。只見一條被細長翠竹包圍的幽徑，通往不遠處的茅草屋，屋旁有一彎潺潺流水向遠山蜿蜒而去。沿著小徑，一邊是半畝田地，另一邊則是一片秋菊，菊園中生意盎然，令人生出一股遺世絕俗的感懷。

　　孫炎不禁讚嘆：「瞧這清幽的環境，正是陶淵明所說『採菊東籬下，悠然見南山』的景色啊！」突然念頭一轉，他遲疑的問宋濂：「劉先生住在這麼幽靜的地方，會願意沾惹血光，輔佐朱元帥開疆闢土嗎？」孫炎長年待在軍營中，深知軍師雖然不用上場殺敵，但每出一條計策與戰略，都影響無數性命的生死。

　　宋濂哈哈大笑，說：「孫老弟，你這話就錯了！因

為你不了解劉伯溫的為人與抱負，才會有這個疑問。等等你就知道了。」宋濂上前敲門，大喊著：「劉兄，劉兄，我帶你日思夜想的人來了，快來應門。」

只見一位手持羽扇、相貌清俊、氣度不凡的白袍男子前來開門。這位男子便是劉伯溫。劉伯溫看是久未見面的宋濂，微微一笑，問：「誰是我朝思暮想的人？」

宋濂指著一旁的孫炎，為兩人互相介紹對方，並說明朱元璋邀請兩人的事情。

劉伯溫問孫炎：「朱元帥的品德與為人如何？」孫炎知道劉伯溫的用意，因此仔細回答。

三人侃侃而談，從白天說到半夜仍興致不減，宋濂與孫炎便在劉伯溫家借住一晚。劉伯溫臨睡前，心中暗自思考：「世事混亂，群雄四起。那日卜卦，王氣應在金陵。朱元璋……應該就是我等了許久的明主。」

於是隔日一早，劉伯溫、宋濂二人便與孫炎一起啟程前往金陵。

朱元璋得知孫炎順利的請回宋濂與劉伯溫，心中大喜，換了衣服，率領李善長等人前來迎接。朱元璋問到眼前的治軍急務，宋濂與劉伯溫各有見解，讓朱

元璋聽得頻頻點頭。三人相談甚歡，直到半夜才各自休息。一早，朱元璋便封劉伯溫與宋濂為官，負責起草文書。

此時朱元璋陣營內人才濟濟，文官有李善長、劉伯溫、宋濂等；武官則以徐達為首，其次有常遇春、鄧愈、湯和以及李文忠等。這時傳來一個消息：和陽王突然病逝。眼前在整個和陽勢力中，就數朱元璋的地位最高，因此下屬們紛紛勸朱元璋立即稱王。大家原本以為朱元璋會接受這個提議，不料，他卻說：「大家的心意我收到了，但現在我軍只統領一小部分的地方，怎麼可以此時就驕傲自大呢？我寧願大家齊心協力，共同完成大事，至於稱王這件事，以後再說吧。」

相較於急著稱王的宋王韓林、漢王陳友諒、吳王張士誠等，朱元璋的作法很明顯跟其他人不同，也搏得了百姓們的稱讚。

「你看那朱元璋，和陽王都死了，他還是當他的吳國公，沒有急著稱王。可見他起兵不是要稱王享福，而是要來解救我們的……」

就這樣，朱元璋以金陵為根據地，逐步向外擴張，占據常州、宜興、金華、池州等地，免不了也與其他割據勢力，如陳友諒、張士誠發生衝突。

　　此時天下局勢，大致劃分為南北兩半。元朝掌握著北邊天下，三不五時派兵想要收復南方；而南邊則由各個起兵的群雄分區占據，如陳友諒占領江州一帶，張士誠擁兵在蘇州，韓林與劉福通定都安豐，以及以金陵為根據地的朱元璋。

　　當時流傳著一句話：「陳友諒最強，張士誠最富。」正說明著陳、張兩人在群雄中突出的實力。

　　陳友諒出身漁家，但年少時胸懷大志，念過幾年書，原本在縣府衙門中任職，負責處理文書工作，私下卻不滿意這樣平淡無趣的生活。某天，陳友諒看著滿桌待處理的公文，不禁自言自語：「難不成我的一生就浪費在這裡了嗎？大丈夫怎麼可以埋沒在書札中？」陳友諒當下就決定棄文習武。他四處拜師，學習功夫與兵法之後，投靠徐壽輝，成為他手下的一員驍將。陳友諒精明善戰，立下許多功勞，卻因為與其他將領爭功發生衝突，被徐壽輝責罵，甚至被解除軍職。陳友諒一氣之下，不僅殺了徐壽輝，接收其地盤與軍隊，還自立為漢王。

　　張士誠原本是運鹽工人，因為違法夾帶私鹽，被官府追捕，便號召眾人起兵造反，占領了蘇湖一帶，

自稱為吳王。「鹽」是百姓生活必需品，有很大的利潤，自古以來都是官府擁有專賣權。而蘇湖地區是魚米之鄉，土地肥沃，加上產鹽、販鹽的高額利潤，因此在元末起兵群雄中，張士誠是最富有的。

陳友諒與張士誠兩人自認為實力雄厚，沒有人敢侵犯，時常在自己的領地高枕無憂的作樂享福。

這天，陳友諒接到消息：「報告漢王，不好了！朱元璋派兵攻占了我軍的池州。」

「什麼？」陳友諒勃然大怒：「朱元璋真不知天高地厚，本王不與他一般見識，他卻自己找上門來。好，既然他敢拔虎鬚，就要有膽子承擔。本王要御駕親征，以報池州被奪之仇。」

陳友諒手下大將張定邊建議他與吳王張士誠聯手，兩面夾攻朱元璋。張士誠接到合作的提議，二話不說便答應了。張士誠的地盤與朱元璋相接，雙方經常發生衝突，有些地方甚至被朱元璋奪去，他早就想給朱元璋一點顏色瞧瞧。

兩人有了共同的目標，立刻挑選四十萬精兵，準備給朱元璋一個教訓。

江東橋

第十回　木橋變石橋？陳友諒中計

　　金陵城中，前方探子緊急來報：「陳友諒與張士誠聯合來犯。」朱元璋獲得情報後，連忙召集將領商議對策。

　　「我軍雖有三十萬，但大多鎮守在各地，目前金陵的兵力只有十萬。陳友諒率兵三十萬，張士誠有十萬，兩方合力來攻，我軍要如何應敵呢？」朱元璋向大家說明了目前的兵力與情況。

　　「陳友諒的軍隊擅長水戰，他率三十萬大軍來攻，金陵城十分危險。不如就先投降，度過眼前的難關，再思考接下來該怎麼辦。」有人提議。

　　「不可以！朱將軍德義兼備，名滿天下，怎麼可以向那殺害主子的陳友諒投降？倒不如先避避風頭，離開金陵，改以鍾山為根據地。」

　　「千萬不可，金陵是我軍的基礎，如果被奪走，不知道什麼時候才能收復？再說，城中還有十萬餘精

兵，同心協力，未必打不贏他們，怎麼可以投降或撤走！」眾人議論紛紛，沒有個定論，只有劉伯溫一言不發，嘴角閃過一絲冷笑。

　　朱元璋看討論不出結果，決定先命眾人退下，只留下劉伯溫。他問劉伯溫：「軍師，為什麼剛剛您都不說話呢？」

　　「從剛剛的討論中可知，若將重責大任託付給這些建議投降與撤退的人，日後恐怕有陣前背叛的危機。先斬了這些人，則遲早可以打敗陳友諒和張士誠。」劉伯溫雖然是一個書生，個性卻冷靜沉著，面臨大事絕無婦人之仁。

　　書房中，夜風吹來，燈影搖晃，朱元璋忍不住打了一個冷顫，也學到了一課：軍隊面臨危急時，要當機立斷剷除危言聳聽的人，才能安定軍心。

　　劉伯溫手持羽扇，繼續說明：「金陵有十萬精兵，以逸待勞，並非毫無勝算。只要陳友諒一露出破綻，我們可趁對方沒有防備的時候加以攻擊，利用威勢克敵制勝，便能成就霸業。」劉伯溫低聲將計謀說出。

　　「這個計謀真是太妙了！如果陳友諒與張士誠二人合力來攻，金陵肯定抵擋不住。不過陳友諒貪婪好功，只要用計引誘他，他一定會連夜率兵前來。而敵

方兵力一分散，我軍就能各個擊破。」朱元璋喜得連連鼓掌。

原來朱元璋手下有一人與陳友諒是舊識，名叫康茂才。朱元璋命康茂才修書一封，假裝要轉而投靠陳友諒，藉此引誘他出兵。

隔天，康茂才要兒子康玉帶著降書，前往陳友諒陣營。陳友諒一看到康玉，驚訝的問：「你跟你父親都已經投靠朱元璋，也就是本王的敵人，本王不會再顧及往日情分。今天你來這裡，到底有什麼目的？」

康玉抬起頭，眼睛直眨，好像有話要說，卻一直不開口，只是不停左顧右盼。陳友諒見他的模樣，心知有異，命眾人退出營帳，只留下張定邊、陳英傑兩位心腹。康玉從懷裡取出密函，遞給陳友諒。陳友諒拆開閱讀，上面寫著：

「漢王殿下：罪臣康茂才沒有一刻忘記您過去的恩情，一直想要好好報答您。金陵雖然有兵力三十萬，但各個將領分守各處，城中只剩下不到一半的兵力。我負責把守東北門邊的江東橋，希望殿下趁機來攻取，我一定會獻上城門以報答您的恩情。若再延遲幾日，恐怕常遇春、胡大海等人就會率兵回來解救金陵，到時要打下金陵就不是件容易的事了。」

陳友諒看完信，大喜叫著：「好極了！真是天助我也。」便問康玉：「為了避免夜色昏暗認錯橋，這江東橋要怎麼辨認呢？」

「江東橋是座木橋，橋旁立有一塊寫著『江東橋』的三字碑。」康玉回答。

「好！」陳友諒右手往桌上用力一拍，告訴康玉：「今晚我會領兵前往江東橋，呼喊『老康』為暗號。你回去告訴康茂才，一聽到『老康』便開城門。此事成功以後，你們日後的榮華富貴絕對享用不盡。」

康玉連忙假裝謝恩，接過陳友諒重賞的兩大錠金銀後，才行禮告退，返回朱軍陣營。

等康玉離去後，張定邊說：「漢王，臣認為不妥。這件事好像太順利了？」陳友諒只是「嗯」了一聲，沒有說話。張定邊急忙再勸：「這很有可能是康茂才的詐降計，我們不可以上當呀！」

「將軍多慮了，我倒認為康茂才是個聰明人，看出朱元璋軍力不敵我，必敗無疑，正所謂：『識時務者為俊傑。』真是一點都沒錯。」陳友諒自信滿滿，說：「今晚只留一個將領守營就夠了，本王要親自領兵前往江東橋。哈哈哈！有了康茂才當內應，我軍必定能一舉占領金陵。」

張定邊見陳友諒志得意滿的神情，知道陳友諒如今什麼也聽不進去，只能暫時壓下心中的疑慮，不再多說。

另一方面，康玉回營後，向朱元璋與眾將領報告詳情。李善長獻計：「陳友諒雖然上當，但此事還沒有準備萬全。如果陳友諒引精兵直接過橋，全力攻打東北門的話，也是十分危險。倒不如立刻將木橋換成石橋，陳友諒到了這邊，一看到江東橋不是木橋，不免心生疑慮，不敢隨便前進。我軍再在岸上設一空寨，他們看見營寨必定會來進攻，等到他們發現是空寨，心中既驚又疑，奔逃潰散時，我軍再用火攻包圍，如此一來，就可以大獲全勝。」

李善長說完，眼光瞄了一下劉伯溫，心想：「聽到我的計策，知道我的高明了吧。」原來李善長因為見

大明英烈傳

到朱元璋對劉伯溫的禮遇勝過自己，心中早已不平，時常暗存與劉伯溫一較高下之心。

「妙計！妙計！」朱元璋拍手稱讚：「利用陳友諒疑心重，加上故布疑陣，陳友諒啊陳友諒，這次諒你插翅也難飛！」他馬上命令李善長布置兵士，並聽從軍師劉伯溫的調派指揮。

劉伯溫命令一隊人馬埋伏江東橋，等待陳友諒陣中馬亂的時候，便用火砲、弓箭擊殺；另一隊人馬在遠處等待，當陳軍疲憊的逃散至此，再趁機給予一擊；最後一隊人馬到江邊將陳軍船隻焚毀，只留下三百隻。

朱元璋不解的問：「軍師為什麼不乾脆下令燒掉所有船隻？留下三百艘，讓陳軍可以搭船逃走，這樣不是放虎歸山嗎？」

劉伯溫笑答：「不。兵法上說：『陷之死地，必有生路。』過去項羽攻打秦軍時，渡河後，他命令士兵將煮飯的鍋砸破、將船鑿沉，只帶著三天軍糧。士兵見到一點退路也沒有了，只能抱著死戰到底的決心，所以項羽才能大敗秦軍。」

「我懂了。」康茂才點點頭，說：「假使陳軍逃到江邊，發現無船可渡江，反倒會刺激他們回頭與我軍死戰，那時勝敗又無法預

料了。不過當他們看到只剩下三百艘船，一定會爭先恐後，自家先鬧內鬨。」

「沒錯，此計就妙在以逸待勞。」劉伯溫搖著手中扇子，微笑說：「再將船底偷偷鑿洞，等到船走到江心，不堪負重淹沒時，我軍再來個最後重擊，這樣才是全勝。」

眾將聽完，立刻覺得勝算大增，個個摩拳擦掌，期待這場布局巧妙的戰役來臨。

夜幕很快的降臨，陳友諒率領三十萬大軍，搭乘戰船，偃旗息鼓，悄悄的在午夜時分來到江東橋。

「老康……老康……」陳友諒連喚了數聲，但都無人回應。

眼前出現了一座橋，卻沒有任何聲音，陳友諒不禁疑惑，便派出探子查探，問：「去看看江東橋是木橋嗎？」

「報告漢王，江東橋是石橋。」探子回報。

「怎麼可能，康玉明明說是『木橋』。」陳友諒喃喃自語，下令：「確定這座橋為江東橋嗎？再去探探，前面是不是還有木橋？」

那探子向前探看許久，回報說：「報告漢王，前方

大明英烈傳

已經沒有橋。這石橋旁立著『江東橋』的三字碑，確定是江東橋。」

陳友諒覺得奇怪，便親自領兵，小心翼翼的走上石橋。過橋後走了數百步，只見一座營寨。陳友諒喜上眉頭，說：「這一定是康茂才的營寨。」立即領兵前往，暗叫：「老康，老康。」

來到寨口，陳友諒往內一看，發現營寨中沒有任何士兵，臉色一白，驚喊：「可惡！我被康茂才騙了。」趕緊下令撤退。

「咚咚咚！咚咚咚！咚咚咚！」這時四周傳來一陣驚心動魄的鼓聲，緊接著，火箭「咻咻咻」的從四面八方飛射而來，把陳軍困在箭雨中。

陳軍將士發現中了埋伏，早就已經軍心大亂，又見火箭來得凶猛，急著左躲右閃，完全亂了陣型。這時，馮國用、趙德勝各帶領著一隊人馬殺向陳友諒。陳友諒看到情勢危急，連忙高喊：「眾軍列隊……眾軍列隊……」

處於慌亂中的陳軍哪裡聽得見命令，大家只顧著各自逃命。轉眼間，三十萬陳軍崩潰逃散。陳友諒只好帶領殘軍，沿著大江岸邊退去。

走了二十多里，陳友諒見後方已經沒有追兵，心

中正想鬆口氣，沒想到前方樹林傳出聲音：「陳友諒，我老康在這裡等你很久了。」原來是康茂才帶精兵一千埋伏在此。

　　陳友諒以怨憤的眼神看向康茂才，憤怒大罵：「老康，你這個忘恩負義的東西。眾軍聽令，誰能取下康茂才的人頭，本王一定重重有賞！」說完，便揮兵衝向康茂才。陳軍經歷之前的大戰與奔走，早就疲憊不堪，也喪失了戰鬥力，當然打不過朱軍，只能節節敗退。陳友諒咬牙恨恨的說：「好漢不吃眼前虧，這筆帳，本王以後再算。」便由親兵護衛著他，轉身離去，不再戀戰。

　　陳友諒逃到江邊，仔細一看，發現原木上萬艘的樓船與戰艦都不見了，只剩下兩三百艘破船。他立刻猜想到必定是朱元璋暗中派人焚毀船艦。想到這裡，陳友諒面色如土，萬念俱灰，想到自己辛苦建立、訓練的三十萬大軍與戰船，轉眼間只剩下三萬人與幾艘破船，心想：「我從起事以來，經歷了數百場大大小小的戰爭，從沒遇過像今天這樣的困境，難道是天要亡我嗎？」他又惱又悔的對張定邊說：「當初應該聽你的話，不可以相信康茂才。可恨！真是一失足成千古恨。」

張定邊見陳友諒心灰意冷，趕緊出聲勸告：「漢王，千萬不要失志。我們還有大批人馬在江州，俗話說：『留得青山在，不怕沒柴燒。』」

　　「你說得對！」陳友諒振作起精神，說：「等回到江州，一切再作打算。」他趕緊命令士兵登船。

　　士兵們發現船無法容納所有人，爭先恐後，深怕自己成為被留下的人。果然如劉伯溫所想，這些破船支撐不了多久，還沒行駛到江心，大半就已經沉沒，部分士兵命喪江底，其餘的也不敵鄧愈埋伏在江心的水軍。

　　陳友諒見情況危急，只好在張定邊的保護下，換搭小船狼狽逃走。陳友諒最精銳的三十萬部隊幾乎全滅，元氣大傷。

　　另一邊的張士誠，原本以為跟陳友諒合作可以打敗朱元璋，分點好處。一接到陳友諒大敗的消息，他貪功怕戰，也連忙退兵。

　　這一戰，朱元璋大勝，打敗了陳友諒，在南方眾多的割據勢力中，奠定了聲望與基礎，讓人不敢小覷他的實力。

危險，
朱元璋兩面受敵

　　吳王張士誠窩囊的從金陵退兵後，心有不甘，一直想找機會出這口怨氣。臣子李伯昇獻上計策：「紅巾軍韓林與劉福通目前占據安豐，離呂珍將軍紮營的地方不遠。如果下令呂珍攻打安豐，韓林一定抵擋不住，只能請朱元璋出兵救援。到時候，我們便可以……」

　　張士誠覺得此計可行，於是命令呂珍率領大軍，攻擊安豐的紅巾軍。果然宋王韓林與劉福通不敵呂珍的攻勢，安豐情況危急，韓林只能緊閉城門，緊急與劉福通商量。他面如白紙的說：「張士誠突然派大軍來攻打我們，我方寡不敵眾。就算不應戰，城中糧食也只夠支撐一個月。這該怎麼辦？」

　　「主上不用擔心，我們可以派人向朱元璋求援。」劉福通安慰韓林，「朱元璋出自紅巾體系，他曾承諾如果我們有難，一定會前來相助。請主上親自寫一封信，我馬上派人趕往金陵求救。」

月明星稀，冷風颼颼。金陵城中，朱元璋召集手下連夜商議。朱元璋將韓林的信傳給眾人過目，說：「張士誠突然圍攻安豐，韓林與劉福通向我軍求救，大家的看法如何？」

「當然要救，安豐接近金陵，可以說是金陵的屏障。如果被張士誠攻下，金陵就危險了。」有人表示贊成。

「不行，要是出兵救安豐，張士誠一定會乘機來攻擊金陵，這樣不是更危險？」

眾人意見不同，而劉伯溫則站在一旁沒有出聲。朱元璋問劉伯溫：「軍師，您的看法呢？」

劉伯溫看著朱元璋，反問：「先問主公，您想要救宋王韓林嗎？」

朱元璋暗自心想：「現在軍力吃緊，而且救了他，我又多一個敵人，我是不想救的。但大家都知道我之前對劉福通許下的承諾，假如不救紅巾，豈不是成了忘義背信的人？好不容易建立起的好名聲，豈不毀於一旦？」朱元璋思索幾秒後回答：「救，當然要救！」

「如果要救宋王韓林……」劉伯溫搖搖手中羽扇，提出計策：「臣建議主公可以與常遇春先領兵救安豐，

同時，派徐達從江西趕去支援。」

朱元璋聽了，眉頭皺起，擔憂的說：「我要是離開金陵，張士誠必定會派兵襲擊；而徐達一離開江西，陳友諒也會趁機攻打。這樣我們不是兩面臨敵嗎？」

劉伯溫微笑，拱手回答：「主公放心。臣與李善長、湯和領兵十萬守在金陵，足以抵抗張士誠；而在江西，鄧愈等人還有五萬兵馬，可以抵抗陳友諒一陣子。」

「好，就依照軍師的計畫行動。」朱元璋見劉伯溫一副胸有成竹的模樣，便放心帶兵前去援救安豐。

朱元璋一行人馬不停蹄，數日後已接近安豐。

「再一天就可以抵達安豐，今晚大家先在這裡紮營。」朱元璋下了命令後，抬頭望向遠方，這時夜色已經瀰漫而下，朱元璋雖然面無表情，但心思卻千迴百轉。突然，一道星光墜落而下，正是安豐的方位。

「難不成安豐有變？」此時，他聽到身後傳來腳步聲。

「報告將軍，」朱元璋轉身看著跪在地上的探子，「安豐剛才已經被張士誠攻破，宋王韓林與劉福通都被殺害了。」

原來呂珍得知朱元璋出兵援救安豐的消息，便加

快攻城速度，安豐敵不過呂軍的強大兵力，終於失守。呂珍一攻下安豐，立即殺了韓林與劉福通。

朱元璋聽到這個消息，淡淡的嘆了一口氣，說：「可惜，來晚了一步。」但是誰也沒有注意到，朱元璋的嘴角閃過一絲笑意。原本他擔心救了韓林，等於多了一個敵人。現在，他只要專心對付呂珍，攻下安豐，也就能順道接收了紅巾軍舊有勢力，壯大自己的聲勢。

兩軍交戰，呂珍不敵朱元璋與徐達的大軍，棄安豐而逃。表面上朱軍打了個大勝仗，但其實這原本就是張士誠安排好的一步棋，利用援救安豐，引開朱元璋、徐達，好讓金陵與江西兩地軍力都被分散，正是所謂的「聲東擊西」。呂珍假意與朱元璋對峙的同時，張士誠另外領兵二十萬攻打朱元璋的據點常州，並與陳友諒再次合作，派兵協助圍攻朱元璋另一個占據地南昌。

不久，金陵便接到南昌守將求援的信息。

此時的朱元璋真是腹背受敵，加上兵力分散各處，情況危急。他留下部分軍隊鎮守安豐，隨後立即馬不停蹄、披星戴月的趕回金陵，召集諸將商議對策。

「張士誠離我軍比較近，應該先解決張士誠，再全力對付陳友諒。」有人首先提議。

　　「我同意，張士誠占領的都是富裕的地方，假使能收為己用，對我們的財政有很大的幫助。」眾人都認為應該先攻打張士誠，只有劉伯溫反對。

　　他不說明反對的理由，反而丟出問題：「大家知道『富者』與『強者』的差別嗎？」眾人一愣，心想這問題跟現在討論要先攻打誰，有什麼關係？

　　其中，李善長反應最快，他看著劉伯溫，回答：「你是說富者如張士誠，強者如陳友諒，兩人之間的差別嗎？」

　　「沒錯。」劉伯溫輕揮手中羽扇，不疾不徐的說明：「富者顧慮多，疑心也大，因為要保住既有的財產，做什麼事情都小心翼翼，就像張士誠，他胸無大志，緊守著小小的地方，成不了什麼大事。但強者就不同了……」

　　「強者野心大，欲望高，做事孤注一擲，就像陳友諒。」徐達接著說。聰明的他一聽到劉伯溫話的起頭，立即明白了劉伯溫的考量，分析給眾人了解：「如果我們先攻打張士誠，陳友

大明英烈傳

諒一定傾盡全力來攻打，到時候我們就會兩面臨敵，難以招架；但假如先攻陳友諒，張士誠有可能只是隔山觀虎鬥，這樣一來，我們打勝仗的機率便大為增加。」話一說完，眾人只是沉思不語，等朱元璋做最後的決定。

朱元璋細想：「陳友諒有膽子敢竊取上位、殺害主公，野心的確不可以小看……」朱元璋比較得失後，決定採納劉伯溫的建議，下令全軍：「我們先攻打陳友諒！由李善長、徐達與湯和鎮守金陵，牽制張士誠，其餘的人跟我前去對付陳友諒。」

隔天大軍便朝著南昌出發。

第十二回　陳友諒中箭身亡

　　陳友諒自從在江東橋吃了悶虧，一直氣憤難忍
——原本三十萬精兵的龐大陣容，最後只剩下數百名
殘兵敗將——那份狼狽、羞辱，一向心高氣傲的陳友
諒怎麼可能忍得下來？他覺得自己只是敗在朱元璋的
詭計下，假使是堂堂正正的對決，肯定不會輸。因此
陳友諒一回到自己的陣營，立即招兵買馬，準備糧草，
打造上千艘戰艦，準備與朱元璋展開生死對決，一雪
前恥。

　　得知朱元璋領軍往南昌而來，並已經駐紮在鄱陽
湖畔，陳友諒便召集眾將商量迎敵對策。一位參謀獻
策說：「臣有一計，可將戰船用鐵鍊鎖在一起，船篷、
船舵及船的外圍全都蓋上牛皮縫製的垂帳，這樣便可
避免砲箭的攻擊；另外，砍取大樹枝幹，作成柵欄，
置於戰船前方的水中，這麼一來，敵軍白天無法攻擊，
就算是半夜也不能偷襲。」

　　陳友諒大喜，點頭稱讚：「好！這個計謀真是太妙

了！」立刻下令連夜打造鐵鍊、砍伐樹枝，把千餘艘戰船串連起來，想到朱元璋就要敗在自己手下，陳友諒不禁露出志得意滿的笑容。

鄱陽湖上，湖面澄清，陳友諒巨大的戰艦一字排開，旗幟飛揚；而朱元璋的戰略，則讓船隻分散於湖面上，以輕巧取勝。陳友諒手下勇將陳英傑率領戰船迎面衝殺而來。朱軍陣營中身穿黑衫、手執長槍的常遇春，也上前迎敵。湖面上的寧靜瞬間消失，取而代之的是「衝啊」、「殺呀」的吶喊聲，以及「咚咚咚咚」的急促戰鼓聲。

雙方混戰了半天，原本清澈的湖面都被傷亡士兵的血給染紅了。突然四周吹起一陣怪風，朱軍因為船身比較小，被風吹得東倒西歪。朱元璋所坐的船被風一吹，竟然擱淺在沙洲上，其餘的船也被吹散，一時之間無法聚集。

陳英傑見到朱元璋落單，知道機不可失，連忙揮動軍旗，召來戰艦，將朱元璋團團圍住。

朱元璋警覺的戒備著，以免讓對方有機可乘。然而陳英傑有備而來，人數又多，朱元璋的船上只有士兵數百人，就算試圖左右衝殺，哪裡殺得出去？陳英

傑站在船頭，遠遠叫著：「朱元璋，你已經被包圍了，插翅難飛，趕快投降吧！」

朱元璋臉色大變，眼看四周都是陳軍，不禁喃喃的說：「自從我起義以來，從來沒有遭遇這樣子的挫折。難不成這是天意？」正說著，一位將士突然跪在朱元璋面前，說：「我韓成跟隨主公征戰數年，如今大業還沒有完成，主公怎麼能命喪在這裡？我願意代替主公一死，以報答您的深厚恩德。請主公將衣服、頭冠與我對換，就能趁機脫逃。」

聽了這話，朱元璋內心一陣激盪，連忙將韓成扶起，顫聲的說：「我怎麼忍心讓你代替我而死……」當朱元璋還在猶豫，陳英傑的船已經漸漸逼近，其他的屬下連忙勸說，朱元璋只好與韓成互換穿著。

韓成扮成朱元璋，對陳英傑高喊：「今天我朱元璋被困在這裡，你只要我一個人的性命，其他士兵們都是無辜的。如果你能放過他們，我便立即投水自盡。」

陳英傑心想只要朱元璋一死，其他人也起不了作用，就回答：「你只要投水自盡，我一定不會為難其他人。」

韓成向陳英傑索取承諾：「好！君子一言……」

「駟馬難追！」陳英傑話才說完，只見一人從船

上跳入湖中，「撲通」一聲，水花高濺，身軀漸漸隱沒在湖底。

　　朱元璋見韓成身亡，喉頭一酸，眼睛一閉，忍不住掉下淚來。他在心中暗暗立下誓言：「韓兄弟，我朱元璋絕對會完成大業，以安慰你在天之靈！」

　　陳英傑以為朱元璋已經喪命，大聲的對朱軍勸說：「朱元璋已經死了，你們不用再掙扎，趕快放下武器投降吧！一旦歸順漢王，榮華富貴享用不盡。」正當他在勸降時，不遠處忽然傳來一陣吶喊。

　　原來是常遇春發現朱元璋被圍困，連忙聚集被風吹散的船隻，趕來救援。部分朱軍跳上陳船，揮刀砍殺了數十人，加上飛箭四射而來。陳英傑眼見情勢有變，心想：「沒有朱元璋，剩下來的殘兵敗將也成不了大事，不需要再和朱軍混戰糾纏。不如先回去向漢王報告這個好消息。」便下令眾船回營。

　　常遇春救出朱元璋後，得知韓成已經代替朱元璋而死的消息，身子一晃，怔了一會兒，難過的自責：「要是……我早來一步，韓成就不必死了……」他與韓成兩人是意氣相投、肝膽相照的好友，因此驚聞噩耗，心中傷痛難以言喻。

大明英烈傳

「常將軍，千萬不要自責，這也是任何人都料想不到的事情。」朱元璋安慰常遇春，並下令從優撫卹韓成的家人。

為了避免眾人繼續陷在憂傷氛圍中，朱元璋將話題一轉，問常遇春：「這一次對戰，對陳友諒陣營的布局，你有什麼看法？」

常遇春深吸了幾口氣，平復心情後才稟告：「陳友諒將戰船都鎖在一起，聯柵結寨，我用了幾次火攻想攻進裡面，但他們的營寨既深又大，四周還設立柵欄，因此外面的火很難穿透進去。」

劉伯溫聽完陳友諒紮營的情形，搖頭嘆息：「陳友諒啊陳友諒，這次你真的是聰明反被聰明誤！」朱元璋知道劉伯溫已經有了破解的辦法，連忙問：「軍師有什麼妙計？」

劉伯溫掐指一算，神祕的說：「孫子兵法上說：『陸地安營，其兵怕風。水地安營，其兵怕火。』我們仍然是採取火攻的方式，不過要改變策略。我有一個妙計，保證這次肯定能徹底殲滅陳友諒。」他召來丁普郎幾位將士，他們都曾是陳友諒的部下，目前投效朱軍。

「今晚你們去陳友諒陣營假裝投降，明晚只要看

到外面起火，就從內部放火接應。」劉伯溫說。

　　丁普郎等人聽到這個計畫，遲疑的說：「放火不難，就怕陳友諒不相信我們真心投降。」劉伯溫只在丁普郎耳邊輕輕說了幾句話，丁普郎露出笑容，立刻出營準備。

　　當晚，一艘小船抵達陳友諒營寨。陳友諒與陳英傑、張定邊正在飲酒慶賀除掉朱元璋，守衛進來報告：「丁普郎等人前來投降。」陳友諒立即傳眾人，丁普郎等人一見到陳友諒便跪下哭喊：「之前朱軍來攻打我們，因為無法戰勝，一時不得已只好假裝投降。今晚趁朱元璋一死，朱軍大亂，才能夠逃脫，希望主公能接納我們。」

　　陳友諒臉孔一板，拍桌大罵：「以為我陳友諒是笨蛋嗎？同樣的詐降伎倆，我怎麼可能會上當兩次？來人啊，把他們全拉出去斬了！」陳友諒才遭康茂才詐降，損失大軍，當然不會再相信來投降的人。

　　眾人驚慌大叫：「我們特地來獻功，主公明察，主

公明察⋯⋯」

「慢著！」陳友諒抬手阻止守衛捉人，問：「獻功？獻什麼功？」

「我們聽到劉伯溫命令常遇春帶領兩萬精兵，抄近路要截斷主公糧道，所以趕緊連夜來報。」丁普郎回答。

陳友諒心想：「水戰最重要的就是軍糧的補給。這個消息如果是真的，那他們的確是功勞一筆。」

一旁的陳英傑開口說：「臣以為朱元璋雖然死了，但朱軍中還有一個神機妙算的劉伯溫。丁普郎所說的事可能是真的。」

張定邊見陳友諒似乎要接受丁普郎的投降，急得漲紅了臉，忙說：「主公，兩軍交戰，兵不厭詐，丁普郎等人絕對不可以相信。」

手下兩位大將各持相反意見，正僵持不下時，前方探子忽然來報：「報告主公，發現常遇春領兵數萬，深夜悄悄出發，不知道要前往什麼地方？」

一聽到這個消息，陳友諒馬上相信丁普郎的話。他扶起丁普郎，說：「是我誤會你們了，你們先到船艙內休息，往後我一定會好好賞賜你們。」陳友諒隨後立即與陳英傑、張定邊商議該如何阻擋常遇春。

只是他們並不知道，其實常遇春正是劉伯溫設下的陷阱，目的就是要讓陳友諒留下丁普郎等人，如此一來，朱軍才能裡應外合。

　　隔天，朱元璋召集軍中將士聽劉伯溫號令。劉伯溫眼光炯炯有神，對眾將說：「主公能不能一統天下，今晚這一戰是最大的關鍵。眾將一切聽令而行，有功者賞，違背命令者必定嚴加懲罰。」

　　劉伯溫拿起桌上紅、黑、白、黃、綠五色旗，分別交給俞通海、廖永忠、丁德興、馮國用、康茂才五位將領，下令：「你們各領一萬水軍，等今晚夜風吹起時，從東、南、西、北以及正面攻打陳友諒營寨。用斧頭將木柵砍斷後，立刻放火突襲。」

　　眾人齊聲大喊：「遵從軍師命令！」

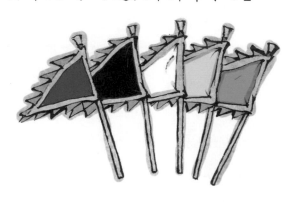

夜色悄悄取代了白晝，朱元璋與劉伯溫登上指揮臺。明月皎潔，天河清澄，朱元璋擔心的皺眉問劉伯溫：「軍師命令眾將等吹起大風時出發，但……看這天氣晴朗，真的會起風嗎？」

　　劉伯溫微笑回答：「主公放心，我這就借風來助陣。」劉伯溫閉起眼睛，口中念念有詞的作起法來。原本靜止的萬物開始搖動，不久，果然吹起了大風。劉伯溫的白色衣袍被風吹得劈啪作響，白衣及羽扇在月光照耀下特別明顯。只見劉伯溫將手中羽扇一揮，五位將領立即領軍出發，朝著陳友諒營寨前去。

　　大風將陳友諒的水寨吹得搖搖擺擺，左右晃動，木柵也因此發出「喀喀」的聲響。陳軍從沒見過這麼大的風勢，紛紛驚醒，原本應該小心提防，但寒風刺骨，令人難以忍受，眾人又見一切如常，沒有什麼異狀，便放心的進入船艙休息，只留下幾名守衛。然而他們卻不知道，這寒風即將帶來的，是肅殺的鬼神。

　　朱軍五位大將從水上領兵而來，眾人頂著寒風，用斧頭「喀喀！喀喀！」的劈開陳軍營寨周圍的木柵。陳軍一點也沒有察覺，只以為是木柵晃動的聲音。朱

軍一劈開柵欄，便用火箭、火砲開始攻擊，瞬間火光四起，四面火勢凶猛，焰騰騰的延燒起來。

丁普郎等人見到外面火光，知道大軍已經到了，便到處放火。陳友諒的船被鐵鍊緊緊的串連在一起，因此只要一艘著火，馬上會波及到下一艘。風急火烈，一下子戰船全延燒起來，烈焰騰空，整個湖面與夜空被映照得一片通紅。

「著火了，快救火啊，快來救火！」陳軍發現起火，連忙大呼救火。戰船上喧嘩混亂，朱軍趁機跳上敵船，放出點火的羽箭，大聲吶喊著：「衝啊！殺啊！」飛箭如雨，雙方士兵在火光中互相打鬥，兵刃相交的聲音響個不停。

殺喊聲驚醒了陳友諒，他翻身坐起，發現船艙外早已火光沖天，廝殺聲沒有間斷。陳英傑衝了進來，大喊：「主公，朱軍突襲。情況危急，我們趕緊離開吧。」陳友諒還來不及反應，就被推入小船，陳英傑立刻要船夫將小船駛離營寨。

陳友諒臉色慘白，幾乎崩潰。他在小船上看著眼前猛烈的火光吞噬了戰船，耳邊還不時傳來殺喊的聲音，他不敢置信的喃喃說著：「怎麼會這樣……怎麼會這樣……」

大明英烈傳

「可惡！我們又中了詐降計。」張定邊握緊拳頭，咬牙切齒。但他知道還沒有完全脫離險境，心思一轉，便對陳友諒建議：「主公，我們先往涇江口撤退，岸上還有駐紮一隊兵馬，等您安全後再來打算。」

陳友諒想起張定邊曾警告他，千萬不要接受康茂才和丁普郎的投降，自己都沒有接受，如今張定邊卻拚命相救，心裡又是懊悔，又是難過，只能黯然的說：「好……一切都依你的意思。」

陳友諒一行人接近涇江口，突然傳來「咚咚咚」的如雷鼓聲。眾人心頭一驚，仔細一瞧，發現竟然是常遇春與郭英埋伏在涇江口，正等著自己上門。

常遇春大喝一聲：「陳友諒，看你往哪裡逃。」

張定邊不滿常遇春對陳友諒無禮的態度，拿起手邊弓箭，瞄準他的心口，「咻」的射出一箭。常遇春瞥見眼前一道冷光，急忙轉身閃過，但在他身後的郭英閃避不及，「啊」的悶哼一聲，左臂已經中箭。

郭英忍痛拔出箭，不顧血染戰袍，瞄準陳友諒後就用力把箭擲出。郭英的臂力強勁，萬分勇悍，那一箭又快又猛，正中陳友諒的左眼，箭頭甚至穿出後腦，陳友諒當場死亡。

一切發生得太快，張定邊和陳英傑還來不

及行動，陳友諒已經被射穿頭顱。其餘部屬發現大勢已去，就像洩了氣的皮球，喪失了抵抗之心，因此很快的就被常遇春擊敗。張定邊、陳英傑趁著混亂，帶著陳友諒的兒子陳理逃走。朱元璋派人一路追擊，陳英傑與張定邊先後戰死，最後陳理只好向朱元璋投降稱臣。

鄱陽湖之戰，朱元璋以寡擊眾，巧妙搭配戰術及天候，終於一舉消滅了南方最大的勢力。

第十三回 一杯茶，五千兩

鄱陽湖一役大勝後，朱元璋十分歡喜，下令殺牛宰羊，擺下宴席，犒賞所有將領及士兵。朱元璋握著酒杯，看著眾將士對飲慶賀，無限歡樂，心想：「辛苦這麼久，終於有點成就了。現在有金陵為根據地，又消滅了陳友諒，只要再將張士誠等人剷除，天下大業就完成一半了。」他笑咪咪的舉杯對眾人說：「能獲得大勝，都是大家的功勞，來，乾杯！」

隔天，朱元璋出營散步。放眼望去，四周青山蒼翠，紅花豔豔、綠柳依依，景色十分迷人，內心不禁讚嘆：「這鄱陽湖真是好風光！」忍不住一路往前走。耳邊忽然聽見悠揚鐘聲，定眼一看，只見一座古寺，寺旁圍繞著潺潺溪水，寺前只有一座石橋可通行。

朱元璋好奇的走過石橋，來到寺門前，看見門口懸掛一塊匾額，題著「古雷音寺」。他正想進門參拜，忽然吹起一陣大風，接著響起雷鳴般的吼聲，沒想到竟有隻凶猛的花斑虎朝他撲來。

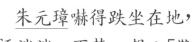

朱元璋嚇得跌坐在地，冷汗涔涔，不禁心想：「難道我就要死在這裡了嗎……」危急時刻，一位白眉老僧從寺中奔出，手持竹杖，對花斑虎大喝一聲：「不得無禮！」說也奇怪，那隻花斑虎就這樣止住撲勢，俯臥在地上，不敢動彈。

老僧扶起朱元璋，說：「吳王受驚了，真是對不起。」

朱元璋站起身，整理了一下儀容，心想：「我還沒有稱王，他為什麼稱我『吳王』呢？這僧人好奇怪，老虎竟然會聽他的命令？」當下不動聲色，開口說：「我忙裡偷閒散步到這裡，沒想到差點命喪虎口，多謝師父相救。」

「吳王一連多日謀劃策略，萬分辛苦。請進寺內休息，喝一杯茶，再離去也不遲。」

朱元璋見老僧誠懇邀請，不好意思拒絕，便邁開腳步，走入古寺。想不到寺內建築華麗，黃金大殿，白玉樓臺，以瑪瑙砌成階梯，以寶石鑲嵌欄杆。出身貧苦的朱元璋，哪裡看過這種景象，不禁目瞪口呆。

老僧領著朱元璋上座，奉上茶水。朱元璋一喝，覺得茶水清香甘醇，全身舒暢。他所坐的位置面對庭院，杏花繽紛的開滿枝頭，微風吹過，香風細細，花雨紛紛，彷彿是人間仙境。

　　「吳王，」老僧取出一本冊子並遞給他，「願主上大發慈悲。」朱元璋接過冊子，見封面寫著「化緣簿」三字，而裡頭寫的是歷任帝王的捐贈。第一位是漢文帝，喜施一萬兩黃金；第二位是唐玄宗，樂施珍寶六箱；第三位是武則天，喜助七千黃金。

　　朱元璋一點都不想要捐款，他發現化緣簿上都是歷代帝王的捐贈，就心想：「我沒有稱王、稱帝，不應該跟皇帝們並列在一起。不如……就用這個藉口推辭。」

　　沒想到還沒開口，老僧先開口說：「吳國公馬上就是吳王了，而吳王過幾年就會完成大業，統一天下。如今本寺正在建造黃金寶殿，還缺一些資金……」老僧停了一下，改變對朱元璋的稱呼，再勸說：「希望陛下大發善心，提供協助。」

　　朱元璋心想：「大軍所需要的糧食和銀兩都不夠

了，哪裡有多餘的錢財可以捐獻？」但老僧雙眼炯炯有神的盯著自己，卻有一股無形的壓力，朱元璋只好提筆寫下：「朱元璋捐助銀子五千兩。」老僧笑開了嘴，接過化緣簿後，深深一拜，再三道謝。

朱元璋暗暗嘆氣：「和尚真不是好惹的，見面就要化緣討錢。我本來沒有打算喝茶，沒想到一杯茶，就花上我五千兩銀子，這買賣真是吃虧。」想到這點，朱元璋眼裡閃過一絲殺機，默默發誓：「假使我以後當上皇帝，一定要殺掉這個貪心的老僧，留意佛教是否有斂取金錢的情形。」又轉念一想，「既然都到了這裡，不如留詩一首？」朱元璋便在牆上題起字來。

「手握乾坤殺伐機，威名遠鎮楚江西。……有志掃除平亂世，無心參悟學菩提。」

老僧看到詩的內容，臉色大變，說：「這首詩殺氣太重，剛剛才捐獻，轉念就立刻有了殺意，仁與不仁只在一念之間，希望陛下察之。阿彌陀佛，阿彌陀佛！」

朱元璋聽了這話，感到慚愧又覺得無趣，便出口向老僧告辭。

老僧輕嘆一口氣，說：「此地山路陡峭危險，虎狼又多，讓老僧送陛下一程。」兩人一起走到寺外的石

橋上時，老僧說：「請看，將軍來找陛下了。」

　　朱元璋抬眼一瞧，還沒看清楚，就被老僧用力一推，跌入河中。朱元璋頭下腳上，鼻口嗆水，暈了過去。等到他睜開眼，人竟然已經回到軍營。眾將都圍在他身旁，急忙問：「主公，這三天您去了哪裡？我們找遍水陸，都找不到您的身影。」

　　朱元璋驚訝的說：「三天？我才去了一會兒，怎麼已經三天過去了？」他立刻把古寺的事情仔細說了一遍，眾將聽了忍不住連連稱奇。

　　回到金陵，朱元璋召集眾將前來開會。他問李善長：「張士誠目前有什麼動向嗎？」

　　「之前，張士誠得知主公離開金陵，曾經多次來攻打我們，幸虧有徐達、湯和兩位將軍坐鎮指揮，張士誠一點好處也沒得到。後來得知主公大破陳軍及陳友諒被殺的消息，他心中恐懼，便連夜退兵，回他的老巢蘇州去了。」

　　朱元璋聽了哈哈大笑，說：「果然如軍師所料，張士誠顧慮多、疑心大，缺乏大丈夫的膽識與謀略啊！」

　　眾人相視而笑。湯和見機不可失，便說：「目前已剷除江南最大勢力陳友諒，現在該是主公稱帝的時候

大明英烈傳

了。」其他人也異口同聲的拱手請求：「恭請主公稱帝。」

朱元璋笑著搖頭：「這時候稱帝還是太早了。」

「不稱帝，那稱王，總可以了吧！」常遇春心直口快的說。大家也連連附和：「對對對……稱王也不錯。王雖然矮帝一等，也是一個名號。這樣出去跟敵人對打時，喊起來也風光些。」

朱元璋不禁一愣，他從來沒想過，原來稱帝、稱王可以讓兩軍對峙時喊起來比較有面子。

李善長心思細膩深遠，也剖析說：「依照現在的情勢，主公如果稱帝，不僅可以讓軍心更加穩定，民心也有個依歸，是百利而無一害。」

聰明的朱元璋一聽這話，便清楚知道李善長背後的含意，意思是：「眾人投靠你、扶持你，沒有人不是期待哪天你稱帝時，大家能封侯賜爵、富貴加身。如果你一直推辭稱帝、封王，將士們恐怕會心寒。」

朱元璋暗自嘆了一口氣，心想：「當初起義，只是為了解救百姓脫離苦難，希望能給百姓們平安富足的生活。難不成大家都是為了榮華富貴才輔佐我、幫助我嗎？不，至少還有韓成是真心對我，希望我能替天下百姓做事，才願意代替我葬身在鄱陽湖底。」

劉伯溫見朱元璋沉默不語，不知道他心中的感慨，以為他心意鬆動，便說：「主公目前是吳國公，是不是就順眾人的意思，先稱吳王呢？」

朱元璋回神後，見眾人目光充滿著期待，手一揮，順勢說：「好！就依大家的意見吧。」在眾人的擁戴下，朱元璋即位為吳王。

朱元璋稱王後，更加用心訓練將士，囤積糧草，軍隊兵強馬壯，糧食充足，準備好好對付張士誠。

回到江蘇的張士誠聽到朱元璋稱王的消息，怒火沖天，氣得拍桌大罵：「我是吳王，他也是吳王，這是故意鬧雙胞嗎？朱元璋啊朱元璋，我偏偏要高你一等。」張士誠馬上改稱為皇帝，國號大周，封李伯昇為丞相。

朱元璋與張士誠的戰爭終於進入白熱化的階段。

第十四回　好一個水陸夾攻的妙計

　　經過密集的訓練，朱元璋認為時機已經成熟，便命令徐達領軍，從金陵南下全力攻打張士誠。出發前，朱元璋再三叮囑眾將士：「大家絕對要遵守軍紀，不可以侵擾百姓，殘害生靈。」因此雖然朱軍氣勢如虹，一連打了幾場勝仗，軍隊卻紀律嚴明，深得民心。

　　這天，徐達率領水軍往太湖前進。他站在船頭，凝神靜觀湖面動靜。只見前方旌旗密布，鼓聲震天，正是張士誠手下猛將——尹義所率領的戰艦。

　　敵人將船隻重新列陣，一字排開，浩浩蕩蕩，直直駛向朱軍。「眾軍聽令，」徐達舉劍大喝一聲，「準備迎敵。」

　　等到敵軍接近後，徐達卻發現每艘敵船上不到十人，每個人手中拿著一把長槍就朝朱軍直衝而來。常遇春等人都不禁大笑，嘲笑說：「這是漁船吧！哪裡是什麼戰艦？」只有徐達面色凝重，下令：「千萬不要輕

敵，我看一定有詭計……」

　　沒想到，軍令還沒下達，突然傳來「碰」的一聲砲響，千餘艘敵船急速移動，轉眼間就將朱軍截成前後兩半，團團包圍。原先不過七、八位士兵的敵船，不知何時已經增加成七、八十位。但是敵軍卻只是齊聲吶喊，並不向前廝殺。

　　前軍常遇春與主軍徐達都被敵軍包圍。常遇春想率兵突圍，但是當船艦一靠近敵船，敵軍便跳下水去；等船艦離開，敵軍又跳回船上，完全打不到尹義的水軍。常遇春看見這個情形，急著大嚷：「可惡！他們想要讓我們疲於奔命。大家先將船聚在一起，再討論該怎麼對付……」話還沒有說完，便有士兵急急前來報告：「不好了！船底被敵軍鑿破，水都湧進來了！」

　　常遇春趕忙命士兵到船艙內塞住漏洞，但湖水依舊不斷湧入，無法抵擋。眾人亂成一團，開始你推我擠，不時聽見尖銳而淒厲的喊叫聲。沒多久，已經有一千多人溺死。常遇春望向四周，眼前所見盡是廣闊無邊的水面，水連天，天連水；想要求援，徐達大軍卻被隔於十里之外。明白己軍被重重隔絕，孤立無援，常遇春心中無比著急。

　　「常將軍，現在情況危急，我有一計不知可不可

行？」一旁的副將薛顯說。

「你有什麼好方法？快說！」

「我認為應先把船隻散開，不可聚在一處。假使敵軍用火攻，到時候後果將比船底被鑿穿還可怕。」見常遇春點點頭，薛顯才繼續說：「先命士兵們打撈毀壞的船隻，留下船底木板，讓士兵站於木板上，並以火箭、火砲作為前鋒，攻擊敵艦。而完好的船隻則在後接應，應該能夠殺出重圍。」

「這樣子不妥當，」熟習水戰的俞通源馬上反對：「敵艦高約兩三丈，我軍駕著船板而去，一來無法窺見敵艦全貌，難以攻擊，二來沒有遮蔽物，敵軍若是放箭，我軍損兵折將在所難免。我覺得，尹義既是駕著大船擋在湖心，必定是全軍出動，看來岸上留守的也只剩小貓兩三隻。不如今夜我軍分一半去突襲岸上敵軍，直剿尹義老巢，來個措手不及。」

常遇春聽到薛顯與俞通源的建議，精神為之一振，略為思索後，說：「兩位的建議我都採用。我想改用好船作前鋒，火攻敵艦，如此一來我軍便有了遮蔽，不怕他們放箭攻擊；另外以船板帶兵偷襲尹義岸上營寨，

以砲響為信號，既可放火殺出重圍，又能往岸上攻擊。你們覺得如何？」

「妙計！妙計！」薛顯與俞通源齊聲稱讚。常遇春不愧是當世名將，竟將薛顯與俞通源的計策結合，截長補短，化為拯救朱軍的一條妙計。

另外一邊的徐達見尹義的船將朱軍團團包圍，有如銅牆鐵壁一般，知道中計，趕緊召集眾將領商議對策。

「最初只有蘆葦叢邊的幾艘漁船，不見任何敵艦的蹤影，我們才放心前行，沒想到竟是圈套。」俞通海、俞通淵因為俞通源被困於前軍，不禁焦急不已。

徐達原本想先撤退，考慮到常遇春等人受困，若是撤退就無人可以接應他們；但想要前去救援，尹義的船艦又以火砲、火箭接連發動攻擊，令朱軍無法靠近。徐達嘆了一口氣，說：「我們暫時先靜觀其變，希望常將軍等人可以臨機應變，殺出重圍。」見天色已近黃昏，他便命令眾人嚴加戒備，夜間小心巡防，隨時回報遠方的前軍動態。

月色朦朧、星光暗淡。俞通源與薛顯兩人領著完好的船隻，悄悄接近尹義的大船。船內載滿浸過油的

乾草、木柴，並將蘆葦等引火的物品安置好，只等砲聲一響便可行動。同時，常遇春以船板偷偷上岸，命眾人安靜前行，不久後就抵達尹義的陸上營寨。果然像俞通源所猜測的，寨中士兵稀疏，防守鬆散。

常遇春興奮的握緊拳頭，笑說：「尹義，這下你死定了！」抬手一揮，士兵隨即點燃砲火，「碰」的一聲，湖上、岸上同時放火，黑夜中只見紅光沖天，大火霹靂啪啦的熊熊燃燒，熱氣逼人，煙霧瀰漫。

常遇春領兵殺入營寨，被驚醒的守將只聽到金刀劈風的聲音，夾著陣陣吆喝，卻不知朱軍從何而降，甚至連盔甲都來不及穿上，就被常遇春一刀擒住，人頭落地。其餘士兵更是不敵勇猛的朱軍，過沒多久便紛紛投降。

而在太湖上的尹義因朱軍中計，以為勝利在望，早早就入艙休息，沒想到睡夢中突然被吶喊聲嚇醒，奔出船艙，卻發現火光連天，朱軍早已殺上船來。尹軍在一片慌亂中節節敗退，緊連的戰艦處處著火，一時之間無法將船分開。尹義膽顫心寒，只得棄船逃走。

遠處的徐達見敵船著火，知道常遇春有了行動，也帶領大軍突圍殺出。不到一個時辰，尹義的三千艘船艦都被火燒光，士兵死的死、逃的逃，尹義逃離不

及，戰敗身亡。就這樣，猛將尹義過於輕敵，竟由勝轉敗，三千戰艦在短短一夜中全軍覆沒。

徐達下令鳴金收兵，眾人再次相見，不禁喜悅萬分。徐達大力拍拍常遇春的肩膀，表示鼓勵，開心的說：「兄弟，你臨機應變得好啊！」

俞通海與俞通淵一見到俞通源，立即歡喜大喊：「好險你平安無事！」

「多虧常將軍的妙計，我才能保住性命。」俞通源抓抓頭，說：「要不然人稱水中蛟龍的我，要是死在太湖裡，那不是笑掉人家大牙了嗎？」

眾人一聽，都忍不住哈哈大笑。

第十五回　張士誠的下場

　　朱元璋得知徐達等人占領了太湖，萬分欣喜，命令徐達繼續朝張士誠的大本營進攻。因朱軍頗得民心，加上將領們指揮有度，因此捷報不斷，不久朱軍便已來到張士誠的根據地——姑蘇城。

　　張士誠見徐達已兵臨城下，心想：「這姑蘇城固若金湯，外面根本打不進來。反正城內糧食充足，朕就閉門不應戰，看你能奈朕如何。」於是他下令關閉城門，任憑朱軍如何叫戰，或是大聲嘲笑，他都充耳不聞，毫不理會。

　　朱軍陣營裡。

　　「將軍，我們包圍姑蘇城已經三個月了，張士誠怎麼都不應戰，弟兄們都耐不住等待，開始浮動。眼看著軍糧一天天減少，我們不能再這樣坐以待斃。」常遇春對徐達說出自己的憂慮。

　　「唉……我知道。」徐達皺眉，嘆了一口氣說：

「我想過十幾條計策，卻沒一條管用。」

當兩人正在煩惱時，突然士兵來報：「報告將軍，劉軍師剛剛抵達軍營。」

常遇春一聽是劉伯溫，高興的大叫：「太好了！有了劉伯溫，就不怕姑蘇城拿不下來。」兩人趕緊起身迎接劉伯溫。

劉伯溫一如以往的氣定神閒，面帶微笑，對徐達與常遇春說：「主公關心前方戰事，所以派我前來。兩位將軍，目前情形如何呢？」徐達與常遇春連忙說出張士誠緊閉城門，完全不應戰的困境。

劉伯溫搖搖手中的羽扇，說：「我觀察過姑蘇城的地形，剛好是龜形，前城門為龜首，後為龜尾。俗話說：『烏龜負水則出。』只要挑選下大雨的日子攻擊尾巴，這烏龜的頭就會跑出來了。」徐達知曉劉伯溫上通天文，下知地理，一向有些特殊才能，因此也不多問，只是命令眾將士照劉伯溫的吩咐行事。

朱軍連夜在姑蘇城的四周架起十座高臺，每座高臺大小為五十步長、二十步寬，與姑蘇城一樣高。高臺上蓋有敵樓，並備有上萬弓箭。

隔天，眾將士武裝登臺，劉伯溫則登上位於正東方的高臺後，算準時刻，等大風一起，便喃喃念起咒

語，一邊舞動著手上的桃木劍，前一秒還晴朗無雲的天空突然傳來陣陣轟隆聲，不久便雷雨奔注。

見時機成熟，徐達立即下令放箭。瞬間萬弩同張，箭似飛蝗，「咻咻咻」的朝姑蘇城射去。沒多久，果然如劉伯溫所說的，龜形的姑蘇城門露出了縫隙。早就在城門邊埋伏已久的常遇春知道機不可失，趁勢帶大軍殺入姑蘇城。

城中守軍雖然及時驚覺，舉刀迎敵，但是當他們看到眼前一位雙眉倒豎的黑臉將軍，揮動著大刀殺來，凡刀過處，人頭紛紛落地，早就驚惶得手腳抖個不停，哪裡還有鬥志？個個嚇得魂飛魄散，各自逃命。

常遇春人馬一將前門開啟，徐達立即率領所有士兵殺入姑蘇城，兩方殺聲震天，聲勢驚人。張士誠從沒料到姑蘇城竟然會被攻破，因此連逃都來不及逃便被朱軍捉住，過了不久覺得無比羞愧，在獄中自盡身亡。

朱元璋得知張士誠過世後，不禁嘆了口氣，說：「張士誠以一個鹽工身分赤手空拳打天下，也算是一方豪霸，應該要好好安葬……」便下令尊張士誠為姑蘇公，並將他埋葬在姑蘇城下。

張士誠手下的文武大臣獲得張士誠的死訊後，也

失去抵抗的意志，不是逃亡就是歸順朱元璋，而張士誠費盡心力所建立的大周帝國轉眼間灰飛煙滅，令人不勝唏噓。

靠著對政治、軍事的精準分析，朱元璋打敗了陳友諒與張士誠，終於成為南方最強的霸主。

雖然江南還有一些零星勢力沒有剷除，但朱元璋已經是南方占地最廣、糧食最豐的勢力。因此這天李善長、劉伯溫、徐達率領著眾將士前去求見朱元璋，合力勸朱元璋登基為皇帝。

朱元璋緩聲說：「我本來是一個平凡百姓，是因為不滿元朝官員貪汙腐敗，才會起兵反元。今日的成功全是大家鼎力相助，現在雖然我坐擁江南，但中原尚未平定，『稱帝』這事……實在不急於一時。」

李善長忙說：「主公若是早日登基，也可以讓天下民心有所依歸。」

「李先生說得沒錯。」朱元璋一笑，又說：「但是，之前我曾遇到一位高人，問他天下大計，他贈我『高築牆、廣積糧、緩稱王』這三句話。我若稱帝，恐怕……」

「主公，正所謂『此一時，彼一時矣』。」原本靜靜站在一旁的劉伯溫，也開口力勸：「如今，我軍已有

龍盤虎踞的金陵，符合『高築牆』；坐擁魚米之鄉的江南，即是『廣積糧』，因此臣以為，這時正是稱帝的最佳時機。」

朱元璋見大家都贊成他稱帝，假使再堅持己見，似乎太過矯情，終於妥協：「好吧！一切依照你們所奏，那稱帝相關禮儀細節，就交由李先生負責。」

李善長為了籌辦登基大典忙得不可開交，一面監督士兵搭建受禪祭壇，一面與禮官商量良辰吉時。數日後，萬事準備妥當，朱元璋下令眾臣齋戒沐浴，一同前往南郊。百姓們知道這個消息，扶老攜幼的湧到街上，為的就是一睹朱元璋的風貌，一時之間大街小巷擠滿了人，熱鬧非凡。

「你看，吳王穿著錦衣龍袍，戴著黃金高冠，好威風啊！」

「笨蛋，什麼吳王，要稱『皇帝』才是。」

「那個坐在旁邊，臉長長的、穿著金黃錦衣的婦人是誰啊？」

「就是馬王妃啊！」百姓們邊看邊七嘴八舌討論著。

南郊，旌旗飄揚，號角響，儀仗起。朱元璋在眾臣擁護下登上祭壇，向天行過大禮後，劉伯溫朗誦著

祭文：「朱元璋出身平民，幸得上天相助，攻取江南。今天登基為帝，國號大明，將致力於一統天下，使百姓安居樂業。」

壇下鼓樂齊鳴，眾臣與百姓們都興奮的高呼：「萬歲！萬歲！」朱元璋冊封馬氏為皇后，立長子朱標為太子，並依功封賞李善長、劉伯溫、徐達、常遇春等人。

大明的建立奠基於許多關鍵性戰爭的勝利，例如與陳友諒的鄱陽湖水戰，以及攻破張士誠的姑蘇城之役，在這些戰役中，劉伯溫都扮演著關鍵的智囊人物，常常因為他的正確判斷，便能逆轉形勢，轉敗為勝，而且他為人正直，不因公害私，識人準確，並深知自己的長短處，不驕矜自滿，也絕不逞強稱能。

有一次，朱元璋找他討論丞相的人選，劉伯溫說：「李善長擔任丞相已久，他善於協調，使朝廷和民間都能和睦相處，是一位不可多得的好丞相。況且丞相如同房屋棟梁，沒有損壞實在不該輕易更換。同樣的，若沒有更好的木材時，也不應該更換！」

朱元璋聽了這話，笑了笑，說：「朕知道李善長對您常有忌妒比較的心，然而您卻不記恨，依然這樣推

舉他，朕十分佩服您的氣量。」劉伯溫只是微笑。

「不知道先生覺得⋯⋯楊憲適合當丞相嗎？」朱元璋不死心，想知道除了李善長之外，是否還有其他人選。

「楊憲有足夠的能力，卻沒有當丞相的肚量。丞相需要保持公平，不能用自我好惡來決定事情。若用楊憲，對朝廷可能不是件好事。」

朱元璋再問：「那⋯⋯汪廣洋跟胡惟庸呢？」

「汪廣洋柔弱無能，氣量狹小；胡惟庸則是小人，若用他，恐怕朝政將會逐漸敗壞。」

「這個人不行，那個人也不好，果然還是李善長最適合⋯⋯」朱元璋沉吟了一會兒後，直視著劉伯溫，問：「那⋯⋯若是先生您呢？」

「不可！不可！」劉伯溫一聽，連忙搖著羽扇拒絕，對朱元璋行了個禮，說：「多謝皇上賞識，但臣是最不適合丞相職務的人！」

「這話怎麼說？」

「臣個性剛烈，嫉惡如仇，沒有能力協調眾臣，加上受不了繁重的工作，因此難以擔此重任。」

朱元璋見劉伯溫意志堅定，只好打消讓劉伯溫擔任丞相的想法。

第十六回　捨小取大的戰略

　　朱元璋即位後，年號洪武，而驍勇善戰的徐達屢建奇功，陸續攻下了福建、廣東、廣西、浙江等地。

　　這天在御書房中，朱元璋盯著天下大勢圖，圖上的南方都以黃色標明，表示納入大明領土；而從黃河以北，一直到出了關外都是紅色，則代表仍是蒙古人的地盤。他心中念念不忘北方人民，暗下決心：「一定要盡快將紅轉黃，讓北方人民脫離元朝的殘酷統治，給天下百姓好生活……」思考過後，他便對隨侍說：「宣大元帥徐達來見朕。」

　　過了一會兒，徐達大步踏入御書房，隨即跪下向朱元璋行禮：「臣徐達參見皇上，吾皇萬歲。」

　　「不用多禮。」朱元璋扶起徐達，見他一身戎裝未脫，知道他難得回京，卻沒有好好休息，依然在校場訓練士兵，忍不住心頭一熱，說：「辛苦你了，徐元帥。朕找你來，是想跟你討論北伐的事。」

　　「請陛下儘管吩咐，臣必定赴湯蹈火，萬死不

辭。」徐達朗聲說。

「好！不愧是我大明第一猛將。」朱元璋眼睛灼灼發亮，直視徐達，下令：「朕命你帶十萬精兵北伐元朝，讓天下盡歸大明。」

「臣遵旨！」

隔天一早，朱元璋命禮官將興兵北伐、救民伐暴的緣由，作成一篇祭文稟告天地，由徐達領軍北伐。出發前，朱元璋再次叮囑眾將士：「絕對要遵守軍紀，不許妄殺百姓，荼毒生靈。」

洪武元年的天下局勢，北方仍舊是元朝勢力，京師燕京有山東與河南作為防護，不易攻下。徐達依照朱元璋的戰略：先攻下山東，再向河南進軍，最後全力進攻失去防守的燕京。

徐達攻下山東後，領兵來到元將李思齊駐守的硤石山，並在不遠處紮營。

不料，李思齊早就探知明軍的蹤跡，親自帶兵前來襲擊。徐達不肯示弱，也縱馬上陣迎敵。李思齊舉刀往徐達頭頂砍去，徐達手持寶劍奮力一架，刀劍相交，「喀啷」一聲，兩人都被震退一步。你來我往，兩人連戰百來回合，依舊不分勝負，但李思齊已經氣喘

吁吁、汗流浹背，他暗暗判斷自己打不贏徐達，心想：
「這樣打下去沒完沒了。徐達剛抵達這裡，一定不熟
悉硤石山的地形，不如……就乘機引誘他掉入我事先
設下的陷阱吧。」想定主意，他把握徐達側身閃過自
己攻勢的空檔，掉轉馬頭，喝令：「眾人聽令，不要再
戰，回營！」

　　徐達冷冷一笑，率領三千人馬緊追在後，追殺元
軍。

　　一旁的副將馮勝趕緊勸說：「元帥，只怕敵軍設有
陷阱。李思齊有二十餘萬兵馬駐紮在硤石山，元帥你
只帶三千人馬追趕，太過危險。」

　　但徐達只淡淡說聲：「我心裡有數。」便頭也不回
的揮兵直追。追到硤石山半山腰處，突然傳來「碰碰
碰」的聲響，只見大石塊、粗木頭紛紛落下。

　　「啊！」

　　「哎喲！」

　　「救命啊！」明軍驚呼連連，
多數士兵來不及躲避，被打得鼻
青臉腫、頭破血流，甚
至有兩百多人被
砸成重傷。

然而徐達神色冷靜，一邊閃避，一邊觀察敵方營寨和地形山勢，並下令眾人循原路而回。沒想到，走不到幾里，四周又冒出伏兵截住回路，將明軍團團圍住。徐達沉聲下令：「眾軍聽令，不可戀戰，保持實力衝回營寨！」

明軍試圖殺出一條血路，徐達更是率先挺槍應戰，雖然四面迎敵，依然神勇得一槍一個，殺得元軍措手不及。最後，明軍折損了近千名士兵，才得以殺出重圍。眾人身上的衣甲都被鮮血染紅，早已分不出是敵人還是自己的血。

看到徐達平安回營，馮勝才鬆了一口氣，說：「元帥，好險您平安無事。」

徐達哈哈大笑，往他肩上重重一拍：「這點陣仗算什麼？有什麼好擔心的？」接著轉身傳下命令：「重賞回營將士，如有受傷，盡速治療。另外從優撫恤犧牲的將士。」

馮勝見徐達絲毫沒有損兵折將的沮喪，反而一副自信滿滿的模樣，不禁感到疑惑，便問：「我軍深入虎穴，驚險萬分。末將愚昧，實在不了解元帥堅持追趕的原因。」

「臨陣對敵，怎麼可能全軍而退、士卒無傷？要是捨不得千人之命，如何能破<u>李思齊</u>二十萬大軍？我今日冒險，其實是為了觀察敵營的兵力布局。」

<u>馮勝</u>這時才恍然大悟，暗暗佩服：「<u>李思齊</u>突然來襲，<u>徐達</u>竟可以在危亂中鎮定如常，考慮全局，捨小謀大。他縝密心思及大膽的行動，不愧是當世名將。」他立即心生景仰，拱手問：「不知元帥今日有何收獲？」

「看敵方的布軍形勢，若用火攻，必能攻破他們營寨。」<u>徐達</u>傳令各營將領，命他們分東、南、西、北四路，每路領兵三千，帶著火器，趁夜登上<u>硤石山</u>突擊。

另一邊，<u>李思齊</u>仗恃大敗<u>徐達</u>，樂不可支，此時正洋洋得意的大開慶功宴。他拿著酒杯，意氣風發、紅光滿面，醉醺醺的對眾人說：「<u>徐達</u>算什麼當世名將？不過是浪得虛名，結果還不是敗在我手裡。」

眾人立即諂媚的說：「對啊，<u>徐達</u>今日落荒而逃，哪裡比得上元帥的智勇雙全。」

「說得好！」<u>李思齊</u>高興的誇口：「照這個情勢，收復南方也不是問題，哈哈哈……」這晚，整個元軍

陣營裡的大小將士都開心的飲酒慶賀，喝得爛醉如泥。軍營中沒有查哨的人，也無巡邏士兵，給了明軍反擊的絕佳機會。

到了半夜，夜色寂靜，似乎連月亮也不忍心看到這場即將到來的廝殺，躲到了烏雲後面。明軍兵分四路，邁步疾奔，抵達硤石山頂後，將火砲、火筒瞄準敵營，四方同時發射，一下子便處處燃起了熊熊烈火。然而醉得東倒西歪的元軍鼾聲如雷，一時之間竟無人察覺火勢，直到黑煙嗆入胸腔才紛紛驚醒。他們在火光與混亂中找不著刀槍，只能四散奔逃，因此被砍殺與遭火吞噬者難以計數。李思齊發現明軍來襲，顧不得穿衣披甲與二十萬士兵性命，匆忙奪馬逃離。

徐達鳴金收兵，獲得糧草、衣甲、器械等戰利品不計其數。眾將對徐達道喜：「元帥捨小敗而成大功，真不是平凡人所能做到的。」徐達只是一笑，並不居功。

由於徐達兵法運用得宜，加上湯和、常遇春、鄧愈等將領奮勇殺敵，明軍勢如破竹，一路攻取山東、河南等地，逐漸接近元朝京師——燕京。

燕京城中，元順帝一如往常，整日與妃嬪嬉鬧，

乘著龍船飲酒作樂。因為大臣們全沒有上奏有關各地戰事的情況，所以元順帝完全不曉得燕京城外已經不再是元朝天下。

這晚，元順帝輾轉難眠，十分憂悶，決定披衣而起，四處走走。只見夜朦朧，月也朦朧，階梯前忽然出現兩隻狐狸，元順帝還以為是自己眼花，連忙訝異的揉揉眼，再仔細一看，的確是兩隻黑毛狐狸。牠們發出「嗚嗚……」的啼哭聲，跑到元順帝身邊，咬住他的衣袍使力往外邊拖扯。元順帝一時反應不過來，被這股力道拉扯出殿，正要呼救，沒想到黑狐化成一陣煙霧消失無蹤，卻出現了一位身著官服官帽的男子。

元順帝見男子的衣著與當朝迥異，心下正狐疑時，男子已彎身行禮，拱手說：「今夜陛下惡夢連連，又見兩狐啼哭，這是警訊。大明軍隊正朝著燕京而來，希望陛下修身自省，千萬不要再沉溺於遊樂中，不然……」他臉色一凜，沉痛的說：「國破身亡，死期不遠。」

「什麼？你在胡說八道什麼？」元順帝嚇一大跳，身體微微發抖，仍強自鎮定，說：「我元朝有百萬大軍，這群亂民只會逞強作亂，哪能撼動朝廷？」

男子聽著元順帝這段逞能的話，不禁搖搖頭，面露悲憫，嘆說：「罷了！天意如此……」他的身影緩緩消失，夜色中只傳來若有似無的嘆息聲，留下一臉凝重的元順帝。

隔天早上，元順帝竟然上朝了。

「目前民亂狀況如何？誰可以告訴朕？」聽見元順帝的問話，眾人大吃一驚，卻只能默默低下頭，大殿上一時寂靜無聲。

過了許久，一位向來正直的大臣上前稟告，痛心的說：「啟稟皇上，民亂……也就是大明軍隊，預估三日內……就會抵達燕京。」

「什麼？」元順帝驚訝的站起身，身形一晃，又跌坐回龍椅上，難以置信：「情況已經這麼糟，怎麼都沒有人回報？你們有什麼因應對策？」看著眾臣默不出聲，只是把頭垂得更低的模樣，他煩躁的大罵：「混帳！領朝廷的俸祿，就應該分擔朝廷的憂慮。你們今天一定要拿出個對策來。丞相，你說！」

丞相撒敦不得已，只好安慰元順帝：「陛下請放

心。燕京城中有糧草數十萬，就算敵軍逼近，我們可以加強防守，來個相應不理。鎮守各地的將軍，如果知道陛下被困，一定會趕來救援的。」

「丞相說得有理！」

「丞相說得極是，請陛下放心！」大家想不出法子，連忙出聲附和，就怕元順帝點名自己。元順帝見到這個情景，慘笑一聲，說：「只怕到那時候，已經太晚了……」他冷冷看了眾臣一眼，便悶悶的擺駕回宮。

第十七回　元朝的滅亡

　　徐達領著大軍千里征途，一路勢如破竹，將黃河以北各地都納入明朝領地。果然如朱元璋所思所念，地圖上的紅色逐漸被黃色取代，一些守城的元朝將領，遠遠望見大明金黃色的旗幟便直接棄城逃走，而百姓則是開心迎接徐達軍隊入城，因為他們知道明軍軍紀嚴格，絕不會傷害百姓。這日，明軍終於抵達燕京城。

　　元順帝得知兵臨城下，連忙登上城牆觀看。只見明軍陣勢分明，旗幟如雲，氣勢驚人，望過去黑壓壓的一片，哪裡算得清有多少兵馬？明軍把燕京的十座城門密密圍住，陽光照在士兵的武器與盔甲上，傳來一股肅殺之氣。元順帝被嚇得好一會兒說不出話，過了好半天才「啊」的一聲，雙腿發軟，幸虧隨侍及時扶住，他才沒有跌坐在地。好不容易回過神，他連忙大叫：「回宮，快回宮！」這時，他已經決定連夜棄城逃走。

燕京城外，徐達命令眾軍安營後，便獨自騎馬在城外繞轉，仔細觀察元軍情況，卻發現城中一點動靜也沒有。

　　回營後，徐達召集眾將討論：「我瞧這燕京城的城牆厚度恐怕是天下第一，易守難攻。若元軍仗恃著存糧豐富，閉城不戰，我軍駐兵城下，時間一久，難免會疲憊鬆懈，更怕各地的元朝將士會趕來救援。與其如此，不如……」他眼神堅定的掃過眾人，沉聲說：「趁我軍連戰皆捷的氣勢，一鼓作氣，連夜攻打。」見眾將都表示同意，徐達便下令架起與城牆一樣高的雲梯，吩咐所有將士準備夜間進攻。

　　夜晚伴隨著殺氣悄悄降臨，徐達帶領眾軍包圍了燕京城，他仰頭看向堅固的城牆，大聲吶喊：「弟兄們，這是關鍵性的一戰。讓我們將元軍打倒，完成大明朝統一天下的大業。衝啊！」

　　一時之間號角齊鳴，鼓聲雷動，火砲、火箭不斷朝城牆上的元軍射去，元軍忙著舉盾抵擋箭雨，根本無暇反擊，徐達趁機帶領眾將士爬上雲梯登城。只見徐達手執長槍，一躍而上，以一敵十，殺倒了守著城垛的元軍，大喊一聲：「衝呀！」明軍聽見徐達頗具威勢的喊聲，士氣大振，接連登上城牆，一時殺聲震天。

同一時間，康茂才領著另一隊人馬，齊力推著巨木，「咚咚咚」的撞擊城門。康茂才奮力大喊：「出力！再用力點！再用力點！」 城門抵擋不住巨木的撞擊，露出了些微縫隙，康茂才一見大喜，更是聲嘶力竭的喊：「再用力點！加油！」

終於，「咚咚」兩聲，城門被撞開了，明軍提刀舉槍衝進城中，奮勇殺敵。

元軍兵敗如山倒，天色還沒亮，明軍已經攻占了燕京城，城垛上也豎起大明金黃色的旗幟。而元順帝早在回宮後，便收拾金銀財寶，帶著太子與妃嬪棄城而逃。

徐達進城後，嚴禁將士騷擾百姓，燕京城中百姓生活一切照舊，只是統治者換了人。他在宮中看到元順帝華麗的大龍舟與四散的奇珍異寶，忍不住搖頭嘆息：「唉……這種皇帝，難怪連京師都保不住。」他對元朝宮中的財寶與美女毫無興趣，用大鎖封住宮門，禁止將士們在皇宮大肆掠奪，同時派遣使者告知朱元璋攻下燕京的好消息。

朱元璋下令犒賞眾人，並將燕京改為北平，而徐

達留下小部分人馬維持北平秩序後，自己領著大軍，繼續向北攻打。另一方面，帶著太子與妃嬪的元順帝由一隊兵馬護衛，躲到了應昌府，並發出詔書，徵求天下勇士保護聖駕。駐守在太原的大將軍擴廓帖木兒見到詔書後立刻領軍，準備前往應昌府護駕。

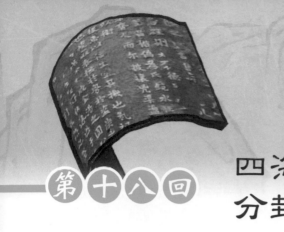

四海昇平，
分封功臣

　　元順帝雖然丟了京師燕京，趁亂逃到應昌府，但依然有部分元朝將領在北方擁有重兵，其中以太原的擴廓帖木兒擁有三十萬大軍最有勢力。

　　這天，徐達大軍正準備攻打太原，突然接到探子來報：「不好了！擴廓帖木兒率領三十萬大軍進攻居庸關。」沒料到擴廓帖木兒竟然會對居庸關下手，想到居庸關僅有孫興祖一人領兵駐守，徐達不禁有些憂心，趕緊召集眾將領商量對策。

　　薛顯率先發言：「居庸關等於是北平的前門，目前只有孫都督鎮守，要是居庸關被破，那麼先前辛苦攻下的北平，恐怕也守不住了！」

　　「薛將軍說得對！」一旁的郭英點頭附和：「不用想也知道，擴廓帖木兒率三十萬大軍來攻，我軍卻只有基本兵力，怎麼抵擋得住呢？我們還是先回去救北平吧！」

「沒錯！」康茂才也分析：「常聽人說：『先救心腹之憂，後除手足之患。』北平現在就像是我軍的心腹，所以應該以保全北平為第一要務！」眾人你一句我一語的激烈討論著，都主張回頭援救居庸關與北平。

　湯和見徐達默不作聲，臉上神情若有所思，忍不住催促：「元帥，你倒是說說話，拿個主意。」

　徐達看著眾人，微笑的說：「我的看法與大家不同。」

　大家一聽，都露出驚訝的表情，湯和看著徐達，問：「不同？元帥是指維持原本的計畫，繼續攻打太原嗎？」

　「沒錯。擴廓帖木兒率軍遠道而來，可說是孤軍深入我大明勢力範圍，我相信憑孫都督的實力足以守住居庸關。而我們應該趁這個機會……」徐達頓了頓，眼神瞬間轉為凌厲：「應該趁機進攻太原！我們就直接殺入敵軍巢穴，讓擴廓帖木兒進退不得。進兵，攻不下居庸關；退兵，卻沒了退守的地方。如此一來，戰局將掌握在我軍手中，這就是兵書上所說的『搗穴搗虛之法』。」

　這一番話說得合情合理，眾將領莫不佩服徐達的智謀，連連稱讚。

第十八回　四海昇平，分封功臣

徐達不愧是擅長謀略的軍事奇才，一切正如他所料，擴廓帖木兒屢攻不下居庸關，內心萬分煩躁，又接到太原的求救信，讓他左右為難，最後因為擔心太原失守，只得放棄攻打居庸關，狼狽的回頭解救太原——但一切已經來不及了。這一戰徐達以逸待勞，不費吹灰之力便打敗了擴廓帖木兒，順利的奪下太原，還乘著這股氣勢，拿下了陝西等地。

隨著徐達大軍的進攻，明軍成功的將蒙古人趕出關外，平定北方。當徐達結束北方征戰後，班師回朝，正巧被朱元璋派去征討唐州一帶的鄧愈，也獲得勝利，返回朝廷。

朱元璋見一統天下的大業已經大致完成，心中無限歡喜，決定趁這機會好好封賞跟隨他多年的部屬，便說：「今日天下終於統一，百姓生活恢復安定，這些都是大家同心協力，一起奮鬥的成果。大明的建立，你們實在貢獻良多。朕已經命兵部將各位所建立的功績記錄下來，並下令工部製造『鐵券』以作為證物，一定好好酬謝你們。」

眾臣心中都想著同一件事：「這個鐵券就是『免死證』，上面會記載臣子的功績與免死的約定，這是無上的榮耀，不知道是誰可以獲得這鐵券呢？」

朱元璋看著徐達，記憶中那個溫良軒朗的青衫男子，已經變成嚴肅威儀、鎧甲不離身的軍人。

他朗聲宣布：「我大明的第一勇將徐達，治軍嚴謹，戰功顯赫。這些年來替朕四處征討，平定南北，又將蒙古人趕出中原，一統天下，功勞最大。朕今日封徐達為魏國公，若他犯死罪，有兩次豁免權。」朱元璋授予徐達最高的官階，以及兩次免死權，這是相當大的恩寵。

徐達心情激動，一時講不出話，只能跪下叩謝：「末將……謝謝皇上的恩賜！」

接著，朱元璋看向鬚髮灰白的李善長，說：「李善長為整個大明出謀劃策，勞心勞力，還負責糧餉的供給與調度，使前方將士沒有後顧之憂的全心打仗，朕封他為軒國公。」李善長連忙叩恩道謝，而其餘功臣、將士也各自得到封賞。

朱元璋原本要封劉伯溫為安國公，但劉伯溫卻再三推辭，不願接受，說：「臣命輕福薄，若接受皇上冊封安國公，一定會折壽。所以請皇上收回成命。」朱元璋只好改封他為誠意伯。

過沒多久，劉伯溫便向朱元璋辭官。他對朱元璋說：「如今天下趨於一統，國事也大致穩定，因此老臣想告老還鄉，隱居山林，與蒼松為伴，與翠竹為鄰，消磨未來的日子。」當初劉伯溫決定輔佐朱元璋時，已經五十多歲，如今完成救世濟民的理想，也履行了當初在山洞中獲賜兵書時許下的承諾，便想縱情山水，過著脫離俗世的生活。

對劉伯溫十分信賴的朱元璋當然不肯，連忙勸說：「天下剛安定，正是先生與我共享富貴的時候，朕還沒有好好謝謝您這幾年的苦心勞煩，怎麼可以讓您就這樣離開呢？」但劉伯溫去意非常堅定，朱元璋再捨不得也只得答應，下詔讓劉伯溫之子世襲誠意伯的封號後，劉伯溫從此歸隱山林，過著逍遙自在的生活。

洪武四年，湯和與廖永忠等人完成西征，收下巴蜀一帶；洪武十四年，大明平定雲南，真正統一了所有國土，完成大業。不過，朱元璋深知軍事只是表面上的獲勝，百姓能不能衣暖食足，這才是國家安定的關鍵。經過多年來的戰亂與動盪，大部分的農田都荒蕪了，人口也減少很多，所以朱元璋便採取獎勵墾荒的政策，鼓勵百姓遷移到人口不足的土地以開墾荒地，

並給予田地與牛隻，全力生產糧食；另外，他還命地方官員教導百姓栽桑種麻，讓衣服的來源不至於短缺。這兩項措施確保了百姓衣食無缺後，朝廷更進一步的積極設立學校，培養人才，希望能選拔優秀的官吏，改革元朝以來官吏貪腐的舊有弊端。

　　朱元璋出身民間，自幼困苦貧窮，雖然已經貴為皇帝，但律己仍十分嚴謹，日常起居所用的物品都以實用為主，自登基以來，始終提倡節儉之風。

　　一天下著大雨，金鑾殿上，朱元璋剛與眾臣討論完政事，眾臣高呼「萬歲」後正要退下，朱元璋突然看見一名官員腳下穿著嶄新的鞋靴，立即沉下臉，大喝：「你！你給朕站住！」

　　眾臣都嚇了一大跳，因為不知道朱元璋指的是誰，只能全都站在原地不動。朱元璋用手一指，那名穿新鞋的官員趕緊戰戰兢兢的出列，「咚」的一聲跪在地上，嚇得渾身發抖，話說得結結巴巴：「臣、臣惶恐，請皇、皇上息怒！」

　　朱元璋怒斥：「鞋靴雖然只是小東西，但也是要花上許多時間與精力才能製成的。今天一整天都是傾盆大雨，你卻穿著新鞋，這不是白白糟蹋一雙好鞋嗎？你實在是太浪費了！」

眾臣都噤聲不語的低下頭，因為誰也沒料到朱元璋節儉到這種程度，竟然為了一雙鞋而大發雷霆。朱元璋環視眾臣，說：「由儉入奢易，由奢入儉難。這兩句話，朕希望大家能謹記於心！」

「聖上節約，實為百姓的福氣，臣等謹遵聖意！」

退朝後，馬皇后與朱元璋談起這件事，朱元璋才吐露自己的想法：「我朝才剛剛建立，朕每一步都走得膽戰心驚，煩惱自己是否還做得不夠好，不敢輕忽。官員若不知惜物愛民，那不是與元朝那些腐敗貪婪的人相同嗎？更何況……」他眼中露出怒色，板起臉說：「奢侈的話則會有許多欲望，人有了欲望就會貪慕富貴，這樣一來，什麼貪贓枉法的事都做得出來，怎麼能不謹慎小心呢？」朱元璋以元朝貪婪腐敗的風氣深深引以為鑑，對於官員的操守有非常嚴格的要求。

每天待在皇宮辛勤處理國事的朱元璋，即使從早到晚毫不懈怠，不過他一直覺得有些不足。「雖然有臣子們向朕報告天下的大小事，但畢竟不是朕親自觀察，

無法有切身的體會。朕應該要找個機會出宮探訪民情，才能真正了解百姓的需求。」因此他決定微服出巡，既可視察各地民情，也能趁機訪查地方官員的賢愚。

　　某天微服出巡途中，朱元璋看到前方有一群人拿著香燭，圍繞其中一個捧著盒盤的人迎面而來。朱元璋心中好奇，便命令隨侍退到兩旁，讓這群人先通過。

　　等這群人走過眼前時，朱元璋仔細一瞧，驚駭的發現盒盤裡居然裝盛著一個被殺死的小孩子，不禁大怒，喝斥：「你們是什麼人？為何將孩子殺死後，又將他擺放在盒盤中？」

　　走在隊伍最前頭的年長老者，看到朱元璋雖然衣著簡單，但無形中卻有股逼人的氣勢，又見隨行眾人對朱元璋態度恭敬，曉得朱元璋的身分非富即貴，便小心翼翼的回答：「您有所不知，我們都是江伯兒的親戚。江伯兒是這地方有名的孝子，他為重病的母親四處求醫，不過母親的病情卻始終沒有好轉。最後，他只好在泰山之神面前立下重誓，說只要母親痊癒，他就……他就……」老者講了好幾次都說不出江伯兒的誓言內容，旁邊的年輕人忍不住，接口說：「如果泰山之神可以醫好他母親，他就殺子祭神。現在，江伯兒

大明英烈傳

的母親病真的好了，他只好殺了兒子，準備酬謝神明。我們見他孝心可貴，所以也隨著他一起要到泰山廟裡燒香祭祀。」

「荒唐！實在太愚蠢了！」朱元璋臉色嚴厲，喝斥大罵：「虎毒不食子，父子人倫是極重的感情，連禽獸都知道這點，江伯兒卻忍心將兒子殺害，滅絕人倫、毀壞禮儀，哪裡稱得上是孝子？」他命令縣令重打江伯兒一百杖，並發放南海充軍。江伯兒的親戚們知道這件暴行卻沒有加以阻止，也各杖三十。回朝後，朱元璋立即下令全國官吏徹查各地孝子行為，並加強宣導孝行必須合情合理的觀念，絕對不許再有類似的事情發生。

又有一天，朱元璋一行人正在行館休息，突然有兩名官員帶著一個商人與一名妙齡女子求見。四人向朱元璋下跪行禮，兩名官員開口：「臣江西知府獻上竹簟。」

「臣浙江知府獻上香米。」

朱元璋冷著臉默不作聲，一旁的臣子知道他節儉的作風，連忙出面說明：「啟稟皇上，自古以來，皇帝出巡時，地方官員都會獻上當地特產，這是常態。」

「原來如此……」朱元璋的臉色終於稍稍和緩，說：「但朕今日如果收了這些貢禮，日後各地一定會爭相貢獻稀奇的東西。特別是這些香米，粒粒渾圓通透，

米香四溢，應該是專人費力揀選的吧。」他眉頭一皺，繼續說：「為了朕的口腹之欲，卻讓人民這麼辛苦，實在是朕的罪過。」搖搖頭，他隨即下令，以後除了朝廷歲收之外，各個地方不許再進獻任何物品，甚至連官糧也不須費力揀選，採收後直接上繳即可。

「皇上英明仁愛，實在是百姓之福。」

兩名官員離開後，朱元璋前方還杵著商人與女子。

「你要求見朕，是有什麼事要上奏嗎？」朱元璋和藹的問。

商人無比緊張，抖著聲音回答：「草、草民的女兒，還沒許、許配給人，她通曉音律，所以草民……草民想要將她獻給皇上。」話一說完，他立刻將滿臉羞紅的女子往前推。

原來商人一知道知府要來面見皇上，趁機賄賂知

大明英烈傳

府，希望能一同前來，打算獻上女兒，心中盤算著若是女兒受到<u>朱元璋</u>喜愛，那麼未來的榮華富貴便享用不盡。

<u>朱元璋</u>板起臉，屬聲喝斥：「朕看起來是貪財好色的人嗎？官員獻奇物、商人獻美女，難不成朕辛苦打天下，就是為了這些嗎？更可惡的是，你一個平民居然能夠與官員同行，還帶女兒見朕，肯定是花錢賄賂，罪無可赦。」

「草、草民知罪，皇上饒命啊！」弄巧成拙的商人嚇得兩腿發軟，不停求饒，一旁的女子也嚇得身體直發抖。

「來人啊，把他給我拖下去，重打六十大板！」<u>朱元璋</u>下令重責商人，以懲戒他賄賂官員與居心不良的行為，並將女子趕了回去。

微服出巡期間，<u>朱元璋</u>有不少新的體會，他發現百姓生活雖然日漸安定，卻不了解禮儀及五倫的意義。他明白「馬上得天下，不能馬上治天下」的道理，因此下令修禮制樂，恢復良善的五倫道理，並要求各地官員要好好教導百姓有關人倫觀念，提倡五倫的重要性。<u>朱元璋</u>即位後的種種施政與措施，獲得百姓一致

的稱頌與認同。

時歲流轉，又到了十二月二十四日。依照慣例，每年眾神都會在這天返回天庭，向玉皇大帝報告人間的善惡。這時，在天庭的金鑾殿中，伽藍神與戴鐵冠的道人正在報告關於人間的種種情況。二神異口同聲的說：「恭喜玉帝！賀喜玉帝！金童下凡投胎為朱元璋後，率領同樣是各星宿投胎的英雄好漢們，經過十多年的努力，終於一統天下，建立了大明。而且他稱帝後，讓百姓吃飽穿暖又少繳稅，天下百姓終於能過安居樂業的生活了。」

玉皇大帝撥開龍椅腳下的雲層，看到人間一片祥和，四海昇平，笑著說：「沒想到金童這小子還真有兩把刷子，把人間治理得有條不紊、國泰民安。當初派金童下凡果然是對的，呵呵呵……」聽到這話，眾神想起當初金童因偷笑而被玉帝指名下凡時的苦瓜臉，不禁哈哈大笑了起來。

大明英烈傳──真命天子

當朱元璋絞盡腦汁對付敵人時，你是不是也跟著提心吊膽呢？鬆口氣、喝杯茶，然後想想下面的問題。

1. 書中提到小牧童們喜歡玩「皇帝帶兵」的遊戲。那麼，你最喜歡的遊戲是什麼呢？分享一下遊戲規則吧！

_____

_____

_____

2. 因為受高彬長老喜愛，朱元璋被師兄弟們刁難、排擠，過著很辛苦的日子。如果你是高彬長老，會如何避免這種情況發生呢？

_____

_____

_____

3. 朱元璋很早就確定自己的志向，並且持續努力，最後終於成為一代明主。你希望未來的自己是什麼樣子，又該如何實現這個目標呢？

國家圖書館出版品預行編目資料

大明英烈傳 / 城菁汝編寫.－－初版一刷.－－臺北市:
三民, 2012
面; 公分.－－(兒童文學叢書 / 小說新賞)

ISBN 978－957－14－5666－9　(平裝)

859.6　　　　　　　　　　　　　　101011101

©　大明英烈傳

編 寫 者	城菁汝
繪 者	簡志剛
責 任 編 輯	莊婷婷
美 術 設 計	蔡季吟

發 行 人	劉振強
著作財產權人	三民書局股份有限公司
發 行 所	三民書局股份有限公司
	地址　臺北市復興北路386號
	電話　(02)25006600
	郵撥帳號　0009998－5
門 市 部	(復北店)臺北市復興北路386號
	(重南店)臺北市重慶南路一段61號

| 出 版 日 期 | 初版一刷　2012年7月 |
| 編 號 | S 857640 |

行政院新聞局登記證局版臺業字第○二○○號

有著作權‧不准侵害

ISBN　978－957－14－5666－9　(平裝)

http://www.sanmin.com.tw　三民網路書店